통하는 대화 떨지 않는 스피치의 비밀

통하는 대화 떨지 않는 스피치의 비밀

초판 1쇄 인쇄 2018년 5월 23일
초판 1쇄 발행 2018년 5월 28일

지 은 이   하성희

펴 낸 이   김환기
펴 낸 곳   도서출판 이른아침
주   소   경기도 파주시 회동길445-1
전   화   02-3143-7995
팩   스   02-3143-7996
등   록   2003년 9월 30일 제 313-2003-00324호
이 메 일   booksorie@naver.com

ISBN 978-89-6745-077-9   03810

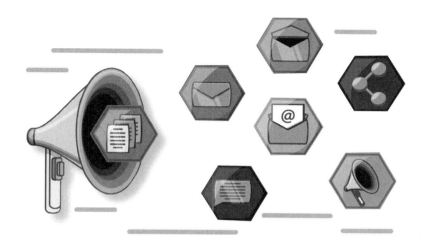

통하는 대화
하성희 지음
떨지 않는 스피치의 비밀

이른아침

"인생은 대화와 스피치의 연속이다."

말이 바뀌면 인생도 바뀐다

　사람이 동물과 다른 점 가운데 하나는 언어를 사용한다는 것이고, 이 언어를 통해 인류는 다른 그 어떤 존재보다도 높고 위대한 문명을 이루어 왔다. 실제로 아주 예외적인 경우를 제외하면 우리들 대부분은 언어로 생각을 하고, 언어로 의사를 교환하고, 언어로 기록을 남긴다. 이처럼 언어, 곧 말이 없는 삶과 일상은 우리에게는 도저히 상상할 수 없는 것이다.

　그런데 사실 우리 주변의 적지 않은 사람들이 바로 이 '말' 때문에 고통을 겪고 있다. 다섯 살만 되어도 청산유수로 할 수 있는 말 때문에 고통을 받는 사람들이 이렇게 많은 이유는 무엇일까? 한 마디로, 하고 싶은 말을 하지 못하기 때문이다. 원인은 크게 두 가지다.

　우선은 말을 '가려서' 해야 한다는 의식이 너무 강하기 때문이다. 상대가 선생님, 상사, 선배, 어른, 부모님 등등 함부로 대할 수 없는 존재라는 이유만으로 우리는 수많은 말들을 뱉어내지 못한 채 속으로 삼기곤 한다. 그런데 우리가 함부로 대할 수 없는 상대는 세상에 수없이 많고, 사실 함부로 대할 수 있는 상대란 것이 존재하지도 않는다. 그런데 이렇게 상대를 과잉 의식하게 될 경우 우리는 당연히 진짜 속내를 드러내어 자유롭게 말을 하기가 어려워진다. 최근 우리 사회를 강타한 미투(me too!) 열풍의 와중에 피해자들에게 쏟아지는 비난 가운데 하나가 '왜 그때 그 순간 현장에서 강력하게 저항하지 않았느냐?' 하는 것이다. 이는 일방적으로 당할 수밖에 없는 약자의 위치에서 제대로 말을 할 수 없었던 피해자의 사정을 전혀 인정하지 않는 태도로, 피해자를 두 번 죽이는 비난일 뿐이다. 상하관계와 위계질서로 지탱되는 우리의 유교중심 사회가 낳은 병폐이기도 하다. 이제는 '노(No)'라고 말하고 싶은데 '예스(Yes)'라고 말할 수밖에 없는 분위기를 바꾸어야 한다. 누가 바꾸어 주는 게 아니다. 세상의 모든 을(乙)들과 약자들이 스스로 나서야 한다. 반대와 거절을 모르는 착한 바보로 평생을 살 것인지, 머리와 가슴이 원하는 진정한 삶을 자유롭게 살 것인지 결정해야 한다.

그렇다고 나와 뜻이 다른 부모나 남편(아내)이나 아이들과 사사건건 대립하고 싸울 수만도 없는 일이다. 뜻이 맞지 않는 상대를 대화를 통해 설득하고 이해시키는 일, 거기에는 당연히 전술이 필요하다. 서로 통(通)하는 대화의 기술은 따로 있다는 얘기다. 솔직한 건 중요하지만 무조건 솔직한 게 능사는 아니다.

하고 싶은 말을 제대로 하지 못하는 두 번째 원인은 떨리기 때문이다. 면접이나 청중 앞에서의 연설 상황을 가정해보면 쉽게 납득이 될 것이다. 이런 경우 하고 싶은 말이 있고 말해야 할 내용도 있지만 쉽게 입이 떨어지지 않는다는 사람들이 적지 않다. 강의나 토론에 익숙한 사람들은 별 의미 없는 얘기마저도 쉴 새 없이 잘만 떠드는데, 명백하게 할 말이 있으면서도 입을 떼지 못하는 사람들이 의외로 많다. 이런 사람들은 앞에 앉은 청중이 눈에 들어오는 순간 머릿속은 백지상태가 되고, 마이크를 잡는 순간 오로지 그 상황에서 도망치고 싶다는 생각밖에 들지 않는다고 토로하곤 한다.

그러나 아무리 도망치고 싶어도 도망칠 수 없는 순간들이 반드시 온다. 이는 인생 자체가 스피치의 연속이기 때문이다. 발표, 토론, 면접, 프리젠테이션, 회의, 보고, 제품 설명 등등 우리가 하는 생산적인 일의 대부분이 사실은 말하기나 스피치와 긴밀하게 연결되어 있는 것이다. 식당 종업원 한 사람이 그 식당을 살릴 수도 있고 죽일 수도 있는데, 이는 그 종업원의 키나 얼굴 생김새가 아니라 손님들을 대하는 그의 태도와 말에 달린 문제다. 태도가 상냥하고 말이 친절하면 음식 맛이 조금 부족해도 양해가 된다. 반대로 태도가 불량하고 말이 거친 종업원이 일하는 식당에는 누구도 다시 가려 하지 않을 것이다.

필자는 스피치 강사로 활동하면서 말로 웃고 우는 사람들을 수없이 만났다. 어떤 사람들은 말 한마디로 그야말로 천 냥 빚을 갚기도 하고, 누군가는 해야 할 말을 하지 못했다는 이유만으로 수많은 기회들을 그냥 날려버리기도 한다. 아마 당신도 하고 싶은 말을 하지 못했다가 두고두고 후회한 적이 있을지 모르겠다. 그리고 그런 경험이 있다면 분명히 깨달았을 것이다. 뒤늦은 후회는 후회일 뿐, 패자부활의 기회는 결코 없다는 것을. 기회가 왔을 때 잡아야 한다. 말을 해야 할 순간에 하지 않으면 기회는 영영 날아간다.

문제는 '떨지 않는 대화와 스피치'에는 연습과 노력이 필요하다는 점이다. 우리는 아주 어릴 적에 말을 배우기 때문에 말에는 특별한 노하우나 기술이 필요치 않다는 생각을 하기 쉽다. 하지만 글쓰기와 마찬가지로 말하기에도 전략과 전술이 필요하다. 아무 때나 만나서 사사로운 얘기를 자유롭게 나눌 수 있는 친구나 가족이 아니라, 상사나 동료나 청중들을 대상으로 한 말하기라면 더더욱 그렇다. 그런데도 사람들은 스스로 스피치에 타고난 재능이 없다거나, 대중 앞에서 떨리는 것은 어쩔 수 없다는 생각으로 말할 기회들을 그냥 날려버리는 경우가 많다. 이는 기회의 낭비이자 성공으로 가는 최대의 걸림돌이다.

그렇다고 너무 어렵게 생각할 것은 없다. 아주 쉬운 것부터 조금씩, 걸음마를 배우는 심정으로 천천히 한두 가지 기술부터 익히다 보면 어느새 두려움과 떨림이 사라지고, 준비 없이도 언제든 당당하고 논리정연하게 스피치를 할 수 있게 된다. 게다가 사전에 준비

된 스피치라면 더더욱 떨거나 당황할 이유가 없다. 이렇게 말이 풀리면 서서히 인생 자체도 풀리게 된다. 이는 스피치 강사 생활을 하면서 내가 직접 눈으로 확인한 사실이다.

대화와 스피치를 잘하기 위해서는 우선 자기가 가진 잘못된 습관의 벽을 허물어야 한다. 말하기의 두려움에 갇힌 사람들 대부분은 스스로 쳐둔 장애물에 갇혀 있는 경우가 많다. 이때 필요한 것이 자신감과 도전정신, 그리고 노력이다. 천상의 목소리를 타고난 가수들도 더러 있지만 대부분의 가수들은 수많은 훈련과 연습을 통해 만들어진다. 당신 역시 목소리를 바꿀 수 있고, 발성법을 배울 수 있으며, 사투리를 고칠 수 있고, 논리적으로 말하는 법과 감동을 주는 스피치의 테크닉을 익힐 수 있다. 배우면 되는 일이다.

나는 사람들이 말하기의 장애에서 벗어나 더 높게 비상하도록 돕고 싶다. 이것이 내가 지금까지 해 온 일이며, 이 책을 쓰는 이유이기도 하다. 새로운 인생은 새로운 말하기와 함께 시작된다.

2018년 5월
저자로부터

| 차 례 |

제3장 발표 불안 벗어나기 10계명

제4장 청중은 내 안의 독특한 스토리를 원한다

제5장 떨지 않는 스피치로 승부하라

제1장

스피치가 스펙이다

말하기 능력이 최고의 스펙이다

　누군가의 능력을 부러워해본 적이 있는가? 사람들은 자기가 가지지 못한 능력을 가진 누군가를 만나게 될 때 흔히 부러움을 느낀다. 예컨대 나는 매번 창의적인 아이디어를 잘도 생각해내는 친구가 부럽다. 스치듯 언뜻 본 풍경을 나중에 사진처럼 잘도 그려내는 또 다른 친구의 능력도 부럽다. 이처럼 내가 가지지 못한 능력을 가진 그 친구들이 부러운 것이 사실이지만, 그렇다고 내가 그들보다 무능력하다고는 생각하지 않는다. 나는 즉석에서 톡톡 튀는 아이디어를 내지는 못하지만 모든 사태를 진중하게 파악하여 원인을 잘 찾아내는 스타일이고, 그림은 못 그리지만 음악에는 좀 소질이 있는 편이기 때문이다. 이처럼 우리 모두는 저마다의 재능과 능력을 가지고 있고, 이런 재능과 능력은 사람마다 모두 다른 것이 너무나 정상적이다.

　하지만 아쉽게도 우리 사회가 원하는 능력은 이런 다양성과는 거리가 멀다. 학교는 오로지 성적순으로 아이들을 줄 세우고, 회사는 지원자들의 '스펙'만 본다. 국영수 성적이 어떤 대학에 갈 수 있는가를 결정하고, '스펙'이 들어갈 수 있는 회사와 연봉을 결정하는 구조다.

당연히 구직자들은 원하는 직장에 입사하기 위해 소위 '스펙 쌓기'에만 몰두한다. 가본 적도 없는 나라의 외국어를 공부하고, 평생 쓸 일이 없는 자격증을 따고, 더 높은 학력과 졸업장을 위해 밤잠을 설친다. 화려한 스펙만이 자신의 능력을 보여줄 수 있는 유일한 방법이라고 믿기 때문이다.

하지만 이제는 달라지고 있다. 기업들 사이에서는 '스펙 무용론'이라는 말까지 나오고 있다. 스펙에 가려서 보이지 않던 저마다의 능력을 뽐내야 할 시대가 마침내 도래한 것이다.

내가 사회생활을 하면서 스펙의 중요성을 절감한 건 사실 이력서를 쓰는 그 순간뿐이었다. 이력서의 빈 공간에 뭐라도 채워 넣어야 하니 자격증 하나라도 더 필요했다. 종이에 빈 공간이 많을수록 내가 부족한 사람임을 증명이라도 하듯 휑한 기분이었다. 그러나 실제로 회사에 들어가서 업무를 해보니 그런 스펙은 그야말로 무용지물이었다. 함께 일하는 직원들도 누가 어떤 스펙을 가졌는지 아무도 모른다. 설사 누군가 어떤 특별한 스펙을 쌓았다 하더라도, 그게 업무와 무관한 것이라면 아무 소용이 없다. 말하자면 스펙은 이력서를 채우기 위한 옵션일 뿐이며, 실제의 직장생활과는 무관한 경우가 태반이다. 회사들도 이제는 점점 이런 현실을 직시하고 있고, 면접을 볼 때 스펙보다는 지원자의 재능과 현실적인 업무능력을 파악하는 데 집중하고 있다. 물론 여전히 스펙만 보고 직원을 뽑는 회사들이 더러 있지만, 4차 산업혁명이 이미 시작된 이 시대에 맞는 회사는 아니다. 들어가 봐야 미래가 불안한 회사인 것이다.

내가 처음 이력서를 들고 여기저기를 기웃거리던 무렵에도 취업 전선에서 최고의 화두는 단연 '스펙'이었다. 그런데 나의 스펙은 그야말로 화려함과는 거리가 한참 멀었다. 최종 면접을 같이 보게 된 다른 경쟁자들과 비교하면 차라리 초라하다고 밖에는 달리 표현할 말이 없을 정도였다. 나는 지방대 출신에 어학연수나 해외유학 같은 경험도 전혀 없었다. 대학 졸업장과 컴퓨터 자격증 몇 개가 고작이었다. 그럼에도 나는 최종 면접에서 쟁쟁하고 스펙 화려한 다른 경쟁자들을 따돌리고 입사에 성공했다. 그렇다면 가장 부족한 스펙으로도 입사에 성공한 나만의 경쟁력은 과연 무엇이었을까? 한 마디로 '대화의 기술'이었다.

면접을 볼 때마다 면접관들은 하나같이 이런 질문들을 던졌다.

"해외연수나 유학 경험은 전혀 없나요?"
"토익 점수가 다른 친구들에 비해 낮은 편인데, 이유가 있나요?"

대놓고 스펙을 묻는 이런 질문들에도 나는 위축되지 않고 당당히 말했다. 회사의 입장에서는 지원자의 어학 점수나 해외 생활 경험이 중요한 게 아니라 회사가 실질적으로 필요로 하는 업무능력이 중요할 것이고, 나는 그런 능력을 키우는 데 집중했노라고 호언했다. 물론 그런 능력을 키우기 위해 실제로 내가 했던 다양한 경험들도 어필했다. 그리고 마지막으로 스피치 강사 활동과 자격증에 대해 언급하고, 나만의 이런 능력들이 입사 후 어떤 시너지 효과를 발휘할 수 있는가에 대해서도 설명했다. 자신감 있게 했던 이런 대답들이 면접관들의 마음을 움직였고, 그 결과 나는 최종 합격증을 거머쥘 수 있었다. 말하자면 스펙을 넘어 면접관들과 마음을 통(通)했기에 이루어진 결과였다. 스펙이 다가 아니고, 말하기 능력이야말로 최고의 스펙임을 내 스스로 믿고 입증한 기회였다.

그렇다고 내가 다니게 된 그 회사가 직원들의 스펙에는 별 관심을 두지 않고, 오로지 개인의 능력만 보는 이상적인 회사였던 것은 아니다. 내가 입사하고 한참이 지난 후, 새로 들어온 신입사원에게 업무 인수인계를 해주게 되었을 때의 일이다. 나의 상사인 과장님이 신입사원 한 명을 내게로 데리고 오더니 이렇게 지시하는 것이었다.

"이 친구, 서울대 출신이니까 대충 알려줘도 잘 알아들을 겁니다. 시시콜콜 가르치지 말고 빨리 끝내세요."

새로 들어온 그 신입사원의 긴장감을 풀어주려고 한 말이었는지 모르지만, 나로서는 기분이 좋지 않았다. 서울대 출신이라는 스펙만으로 유능한 직원임을 미리 인정하는 태도도 납득하기 어려웠고, 지방대 출신인 당신이 시시콜콜 가르칠 사람이 아니라는 식의 언사에도 속이 상했다. 물론 그러거나 말거나 나는 내 나름대로 충실하게 업무를 인계해 주었다.

그런데 과장님이 그렇게 똑똑하다며 철썩 같이 믿었던 그 서울대생은 몇 달을 버티지 못하고 회사를 그만뒀다. 자기가 생각했던 바와 맞지 않는다는 이유에서였다. 결국 회사와 그 신입사원 모두 아까운 세월만 허송한 셈이 되었는데, 이는 힘들게 쌓아온 개인의 스펙과 실제 업무가 일치하지 않았기 때문이다. 결국 화려한 스펙을 쌓는 게 중요한 게 아니라, 목적을 가지고 제대로 된 방향성을 찾아야 한다는 얘기다.

다시 '대화와 스피치' 얘기로 돌아와 보자. 당신은 '말하기 능력'이 스펙이 될 수 있다고 생각해본 적이 있는가? 말을 잘하는 것이 능력이라고 생각해본 적이 있는가? 지금은 블라인드 채용이 확대되면서 취업 준비생들이 스피치 학원으로 몰리는 시대다. 스펙만으로 취업의 성패가 결정되는 시대가 아닌 것이다.

대구에서 취업 준비를 하고 있던 여대생 효정이가 어느 날 내게 스피치 코칭을 부탁해왔다. 상담을 해보니 기본적으로 똑 부러지게 말을 잘하는 학생이었다. 자신의 의견을 조리 있게 설명하고 전달하는 데 탁월한 능력이 있어 보였다. 평소 책 읽기를 좋아하고 독서 토론 같은 모임에도 자주 참여한다고 했다. 하지만 면접만 보러 가면 자신감이 사라지고 떨려서 제대로 말을 할 수가 없다고 했다. 그녀가 나의 스피치 코칭을 필요로 하는 이유가 바로 그것이었다. 그런데 상담이 끝나갈 무렵 효정이는 자신이 스피치 코칭을 받는다는 사실을 누구에게도 알리고 싶지 않다는, 나로서는 다소 뜬금없는 이야기를 꺼냈다. 왜 그러느냐고 묻자 이런 대답이 돌아왔다.

"남들은 다 외국어 공부를 하는데, 저 혼자만 한국어 공부를 하는 기분이잖아요."

의외의 대답이 놀라웠다. 물론 외국어 공부에 몰두하는 주변의 친구들을 보며 그녀가 느꼈을 막연한 불안감을 이해하지 못할 바는 아니다. 하지만 막연한 불안은 입사를 위한 면접 등에서 결코 좋은 결과를 이끌어낼 수 없다. 불안은 소심함을 낳고, 소심함은 당당함을 무너뜨리기 때문이다. 나는 우선 말하기가 얼마나 중요한지, 그리고 말을 잘한다는 것이 얼마나 큰 장점이 되는지를 짧게 설명해주었다. 그리고 말을 잘하기 위한 첫 번째 조건은 자신감이요 당당함이라고 힘주어 강조했다. 그러면서 왜 면접관들 앞에만 가면 소심해지는 것 같으냐고 그녀 자신의 생각을 물었다. 그러자 효정이는 사투리 때문인 것 같다고 대답했다. 대구에서 나고 자란 그녀의 사투리며 억양이 서울말만 쓰는 사람들 사이에서는 너무 튀기 때문에 큰 소리로 당당하게 말을 하기가 어렵다는 것이었다.

효정이 외에도 많은 사람들이 이와 비슷한 생각을 가지고 있을 것이다. 하지만 이는 편견이고 잘못된 생각이다. 사람은 나고 자란 특정 지역의 언어와 문화에 영향을 받지 않을 수 없고, 그렇게 형성된 개인의 기호와 개성은 존중되어야 마땅하다. 표준말을 알아듣지 못할 정도라면 문제가 되겠지만, 사투리 때문에 자신감을 가질 수 없다면 이 또한 큰 문제가 아닐 수 없다.

표준어의 사용 여부가 면접의 성패를 가르지는 않는다. 자신 있고 조리 있게 자신의 생각을 잘 전달하는 것이 면접에서는 가장 중요하고, 사투리를 쓰더라도 충분히 상대를 존중하고 배려하는 태도를 보여줄 수 있다. 그리고 그것이면 족하다. 특정 면접관이 사투리에 대해 편협한 사고방식을 가지고 있는 게 아니라면, 사투리 사용 여부는 전혀 중요한 판단 요소가 아니다. 역으로, 표준말밖에 모르는 사람들에게 사투리는 오히려 이색적이고 친근한 인상을 심어줄 수도 있다.

문제는 자신감이다. 사투리 때문에 자신감을 잃는다면, 사투리 때문이 아니라 그로 인한 소극적인 태도 때문에 점수를 잃게 될 것이다. 면접뿐만 아니라 모든 말하기가 그렇다. 스스로 할 수 있다고 믿고 자신감을 가질 수 없다면, 사람들, 특히 많은 청중들 앞에서 입을 연다는 것 자체가 고역일 수 있다.

거제도에서 기업을 운영하는 여성 CEO인 P대표는 여러 행사에

초청될 때마다 마이크 앞에 서는 것이 힘들어 사업을 그만두고 싶을 지경이라고 하소연을 했다. 1년에도 몇 차례씩 행사가 있고, 그런 행사 때마다 대표가 나서서 한마디를 하지 않을 수 없는 상황이 자주 생긴다고 했다. 그런데 이처럼 공식적인 자리, 말하자면 불편한 자리에 서서 마이크를 잡는 것이 너무나 두렵고 떨려서 미칠 지경이라는 것이다. 물론 그녀도 편한 자리에서는 청산유수요 달변이었다.

상황을 들어보니 P대표 역시 효정이와 비슷한 문제를 안고 있었다. 기본적으로 자신감 결여가 문제였던 것이다. 하지만 두 사람이 겪고 있는 상황이나 목표는 결코 똑같은 것이 아니었다. 효정이는 면접이 문제고 P대표는 청중 앞에서의 연설이 문제인 것이다.

나는 두 사람을 상대로 본격적인 스피치 훈련을 시작했다. 훈련의 목적이 다르므로 당연히 훈련의 내용과 방법도 달라야 했다. 스피치 훈련이라고 다 똑같은 것이 아니다. 개별적인 상황과 목표에 맞는 스피치 훈련이 따로 있다. 저마다 자기가 이루고자 하는 목표에 맞는 개별적인 스피치 훈련이 필요하다는 얘기다. 그러므로 우선 자신을 어필하려는 것인지, 회사를 소개하려는 것인지, 비즈니스 계약을 위한 것인지 등 목표를 분명하게 정해야 한다. 구체적이고 세밀할수록 좋다.

그 다음에는 자기가 가진 스펙을 살펴본다. 이미지가 좋다면 이미지를 극대화시킨다. 목소리나 자세, 표정에 자신이 있다면 이를 극대화시킨다. 이처럼 목적이 분명한 스피치 훈련을 통해 우리는 언제 어디서도 흔들리지 않을 나만의 스펙 쌓기를 할 수 있다. 그 과정은 더디고 지루할 수도 있다. 하지만 한 단계 한 단계 천천히 쌓아가야 한다. 그래야 무너지지 않는다.

효정이와 P대표의 경우 성실한 데다가 목표 의식도 분명해서 훈련의 효과가 빨리 나타났다. 이로써 두 사람 모두 어떤 스펙에도 뒤지지 않는 자기만의 말하기 스펙을 갖게 되었다. 당연히 효정이는 면접에 합격했고, P대표는 행사 때마다 자신감 넘치는 평소의 모습 그대로 두려움 없이 마이크를 잡고 농담을 던질 수 있게 되었다. 두 사람의 '스피치 스펙 쌓기'는 그렇게 마무리가 되었다.

말만 잘해도 기회가 찾아온다

내가 생각하는 스피치의 정의는 '미래 준비 전략'이다. 지금보다 더 발전된 모습을 위해 반드시 갖추어야 하는 '전략'이라는 얘기다. 직장인을 대상으로 매년 꾸준히 이뤄지고 있는 설문조사가 하나 있다. '얼마나 말하기에 스트레스를 받고 있습니까?', '프레젠테이션 실력이 연봉과 승진에 영향을 준다고 생각하십니까?'와 같은 질문들이다. 거의 70% 넘는 직장인들이 '그렇다'고 대답한다. 직장인이라면 아마 서점에 가서 자기계발 분야의 화술 관련 책을 읽어보지 않은 사람이 없을 것이다.

대인공포 등의 문제가 있는 사람이 다니는 곳으로 여겨지던 스피치 학원도 지금은 프레젠테이션이나 토론 스킬을 가르쳐주는 곳으로 진화하고 있고 수백 곳이 성업 중이다. 어떻게 보면 풀리지 않는 미스터리 같은 '말 잘하는 법', '스피치의 두려움을 없애주는 절대법칙'이란 없는 것일까? 내가 생각하는 그 법칙은 나 스스로 두려움을 깨는 것이 첫 번째다. 두려움을 두려워하지 않는 것이다. 말을 시작해보기도 전에, '잘할 수 있을까? 괜히 말했다가 안 하느니만 못하지는 않을까? 준비가 제대로 안 됐는데 나중에 해보자' 하는 생각들이 나를 한 발짝 더 뒤로 물러나게 하는 나쁜 습관이 되어버린 것이다. 모든 기회는 내가 만들어가고 모든 두려움은 스스로 극복해 나가야 한다.

나는 대학교 시절 아르바이트를 할 때 전화를 잘 받은 덕에 인센티브를 더 받은 적이 있다. 호텔 커피숍에서 아르바이트를 할 때였다. 커피숍에 다녀간 고객이 직원의 응대가 마음에 들지 않았다며 전화를 걸어왔다. 현장에서는 아무 말 없이 돌아갔는데 집에 돌아가서 곰곰 생각하니 너무나 화가 난다며 뒤늦게 전화를 건 것이다. 고객은 사장을 바꿔달라며 소리를 지르고 아르바이트생을 해고시킬 것을 요구했다. 나도 같은 아르바이트생이었지만 매니저인 척 전화를 받고 먼저 사과를 했다. 고객의 입장에서 어떤 점이 기분 나빴는지에 대해 공감해주며 다시는 그런 일이 없도록 하겠다고 정중히 사과를 했다. 사장님이 자리에 없었는데, 책임자가 아무도 없다고 대답하면 손님이 더 화를 낼 것 같아서 나도 모르게 대처한 방법이었다. 다행히 그 고객은 기분을 누그러뜨리고 전화를 끊었다. 나중에 사장님에게 사실대로 말씀드렸더니 잘 대처해줘서 고맙다고 하셨다. 그리고 아르바이트 수당을 더 챙겨주시며 다른 아르바이트 자리 하나도 더 소개해 주었다.

그 사장님께 소개받은 아르바이트 자리는 음식점이었는데, 예약 고객이 퍽이나 많은 식당이었다. 그 식당의 사장님은 휴일에는 전화를 받을 수 없으므로 영업시간을 안내하는 알림 메시지를 녹음하려고 했다. 알림 멘트를 적어서 보여주시며 할 수 있는 직원이 있는지 찾으셨다. 다들 부끄러워하며 해본 적이 없다고 주춤거렸다. 나도 해본 적은 없지만 녹음해서 들어보면 어떨지 제안을 드렸다. 몇 번 녹음을 하고 직원들도 만족해서 내 목소리가 음식점 전화에 안내 메시지로 녹음이 되었다. 그렇게 시작한 작은 경험들이 나도 모르는 사이 말하기에 자신감을 심어주는 계기가 되었다. 한두 번 해서 실패도 해보고, 좋은 경험도 해보면서 내가 어떤 강점을 가지고 있는지 스스로 알아가게 되었다. 말하기의 두려움은 그렇게 조금씩 극복되는 것이다.

회사에서 신입사원으로 일하고 있을 때였다. 이웃 부서에서 파워포인트를 할 수 있는 직원을 급하게 찾았다. 어떤 기술을 요구하는지 몰라 주춤했지만 도움이 되고 싶었다. 조금 할 수 있는데 도움이 된다면 돕고 싶다고 나섰다. 회의 자료로 사용할 내용인데 만들어 놓은 자료가 삭제되는 바람에 급하게 만들어야 하는 상황이었다. 발표하는 사람의 말하는 속도와 시간에 맞추어 슬라이드를 몇 가지 더 추가했다. 또 발표자 도구를 사용하여 슬라이드를 재구성했다.

디자인과 슬라이드 쇼의 구성이 처음 만들었던 자료보다 좋다고 흡족해 하시며 그 부서의 과장님이 나를 부르셨다. 자료를 잘 만들어 줘 고맙다며 혹시 발표를 해본 적도 있는지 물으셨다. 대학교 때 프레젠테이션 경험이 있다고 대답했다. 그러자 그 과장님은 여직원들을 대상으로 하는 30분짜리 설명회가 있는데 한번 해보지 않겠느냐고 제안을 하셨다.

떨리기도 하고 자신도 없었지만 기회라고 생각했다. 주제에 맞는 슬라이드를 만들었다. 자료는 최대한 간략하게, 스피치와 내용에 집중할 수 있도록 최선을 다해 만들었다. 그리고 30분의 강의를 무사히 마쳤다. 내가 다른 직원보다 스펙이 뛰어났던 것도 아니다. 나보다 우수한 능력을 가진 인재들이 많았다. 하지만 아무도 나서서 말하지 않았다. 두려움을 극복하고 한 번 도전해볼까 하는 마음을 먹지 않은 것이다. 한 번도 해보지 않은 일이라며 시도조차 하지 않으면 평생 한 번도 안 해본 일들만 쌓여갈 것이다.

모든 말하기가 그렇다. 두려워하고 아무 말 말하지 않으면, 어느 날 갑자기 말할 기회가 생긴다고 해서 말을 잘하게 되지는 않는다. 말하기뿐만 아니라 모든 능력들도 마찬가지다. 수많은 능력을 가졌다고 한들 말하지 않고 혼자만 가지고 있으면 아무도 알아주지 않는다.

그날 이후 회사에서 프레젠테이션과 발표할 일이 생기면 나를 찾는 사람들이 많아졌다. 능력을 어필할 수 있는 기회들을 종종 얻게 된 것이다. 그렇게 회사에서 나를 조금 알릴 수 있게 되었다. 그렇게 힘든 내색 하지 않고 묵묵히 일만 하던 내가 갑자기 회사를 그만둔 다고 했을 때 부장님은 이런 말씀을 하셨다.

"울어야 떡 준다."

말 하지 않으면 아무도 모른다는 뜻이다. 침묵은 금이 아니라 독 이라는 말이기도 하다. 가슴에 묻어두고 꺼내지 못한 말들은 결국 실제로 독이 되고 상처가 되는 경우가 태반이다. 자신의 능력을 드 러낼 기회 역시 말로써 시작되는 경우가 보통이다. 말하지 않으면 모르고 말하지 않으면 기회도 오지 않는다.

스피치를 '미래 준비 전략'이라고 했던 이유가 이것이다. 스피치 를 잘하기 위해 준비하며 기다리고 도전하자. 기회는 1등부터 순서 대로 돌아오지 않는다. 기다리면 내 차례가 오겠지 하며 묵묵히 있 는 것이 능사가 아니다. 무조건 최고가 되라는 말이 아니다. 다른 사 람들과 구별되는 나만의 능력을 갖춘 사람이 뽑힌다는 것이다.

그것이 '말하기 능력'이라면 더더욱 그렇다. 내가 나서서 말할 수 있는 기회를 찾아보자. 스스로가 손을 번쩍 들고 말할 준비를 하고 있어야 한다. 내가 하는 말들로부터 수많은 기회들이 찾아올 것이 다. 말만 잘해도 그 기회들은 놓치지 않고 내 것이 될 수 있다. 말하 기 능력이 수많은 기회들을 얻게 하는 힘이 될 것이다.

secret 03
왜 대화와 스피치가 중요한가?

사람들은 첫 인상이 중요하다고들 말한다. 나는 인상 다음에 그에 맞는 '말하기'가 중요하다고 부연하고 싶다. 내가 얘기하는 '말'에는 인격과 태도도 포함되어 있다. 내가 가지고 있는 인상과 말하기 태도가 나를 보여주는 거울이 된다는 것이다. 물론 말하기는 생각처럼 쉽지 않다. 잘하려고 애쓴다고 실제로 잘되는 것도 아니고, 타고나서 잘하는 사람만 있는 것도 아니다. 그래서 제대로 말하는 것이 어렵다. 스피치를 잘하기 위해서는 내가 가진 말의 스타일을 찾아보는 것이 우선 중요하다. 내가 말하는 말하기의 태도가 어떤 것인지 좀 더 알아보자.

말에는 네 가지의 힘이 존재한다고 한다. 각인력, 견인력, 성취력, 파괴력이 그것이다. 뇌세포의 98%가 말의 지배를 받는다는 격언이 있듯이, 말로 표현하는 것이 현실이 되기도 한다. 내가 말하는 대로 머릿속에 새겨져. 나의 행동을 유발시키고, 어떤 일을 이루거나 망가뜨릴 수도 있는 것이다. 성공한 사람들이 말을 잘한다고들 하는데 반대로 말을 잘하는 사람이 성공한다는 뜻은 아닐까? 그렇다면 왜 그런 법칙이 존재하는 것일까?

성공한 사람들은 대부분 자신을 믿고 잘된다는 긍정적인 말을 많이 한다. 할 수 있다는 긍정적인 생각과 좋은 에너지의 말을 많이 하는 것이다. 그래서 인생을 바꾸고 싶다면 잠재의식과 내가 가진 에너지를 긍정적인 말로 뱉어내는 연습을 해야 한다고 그들은 주장한다. 긍정적인 말하기를 통해 실제 생활에서 놀라운 경험을 했다는 사례들도 속속 등장한다. 평소 내가 말하는 대로 인생이 이루어진다는 것이다.

최근에 재미있게 읽은 책 중에 『운이 풀리는 말버릇』이라는 책이 있었다. 이 책의 주인공이 인생의 밑바닥을 맛보고 있던 때, 벼랑 끝에서 만난 성공하는 방법이 바로 '긍정적인 말하기'라고 했다. 7년 동안 모은 돈을 투자해 사업을 했지만 빚만 잔뜩 지게 된 주인공은, 삶을 포기하고 싶을 정도로 힘든 시기에 인생을 역전시킬 수 있는 도전을 하게 되는데, 그것이 바로 다름 아닌 긍정적이고 진취적인 생각으로 말하기를 통해 인생을 바꾸자는 것이었다. 물론 결말은 해피엔딩이다.

누구나 꿈꾸는 인생 역전이 이 주인공의 경우 다름 아닌 '말하기 태도'를 바꿈으로써 가능했다는 것이 줄거리다. 주인공은 마음속으로 끊임없이 긍정의 말을 외치는 방법을 전하고 있다. '감사합니다', '사랑합니다' 등의 쉬운 말들을 되풀이하며 그 말들이 얼마나 중요한지, 이런 말들로 인해 발생하는 행복들이 얼마나 많은지를 자세히 소개하고 있다. 사실 나 또한 '감사합니다'라는 말을 습관처럼 자주 사용하면서 많은 변화를 경험했다.

나도 20대 초반부터 직장생활을 하면서 업무가 아니라 사람 때문에 스트레스를 많이 받았었다. 쌓여만 가는 업무에 지쳤고, 늘 억지웃음으로 상사의 비위를 맞춰야 하는 회사생활이 지긋지긋했다. 한번은 점심시간에 상사가 나에게 이런 부탁을 해왔다.

"인터넷으로 만년필을 하나 사고 싶은데 얼마 정도 하는지 알아봐줄 수 있어?"

속으로는 '자기가 하면 될 일을 왜 나한테 시키지? 여직원이라고 만만한가?' 하는 마음이 들었다. 물론 실제로는 기분 나쁜 내색 없이 검색을 해서 알려드렸다.

"생각보다 비싸네. 업체에 전화해서 좀 싸게 해주면 안 되냐고 물어봐줄래?"

농담으로 한 말이겠지만, 나는 순간 당황해서 무슨 말을 해야 할지 아무 생각이 나질 않았다. 그런데 이어서 그 상사는 곧장 "남자 향수는 어떤 게 좋을까? 향수를 하나 사고 싶은데 추천해줄 만한 거

있어?" 하고 묻는 것이었다. 점심시간이었으니 사적으로 이런저런 질문을 하는 거라며 웃고 넘길 수도 있었지만 유쾌하지 않았다. 웃으며 넘기지 못하고 쏘아붙이며 대답했다.

"차장님, 그런 걸 왜 자꾸 저한테 물어보시는지 모르겠네요. 인터넷에 직접 검색해보세요. 그리고 저는 남자 향수를 사본 적이 없어서 추천해 드릴수가 없네요."

하고 싶은 말을 다 해버렸다. 속은 시원했지만 왠지 모르게 뒤통수가 따가웠다.

그리고 며칠 후, 그 차장님은 다른 여직원에게 나에게 했던 것과 똑같은 질문을 던졌다. 그런데 그 여직원은 나와 달리 생긋 웃으며 이렇게 대답하는 것이었다.

"향수는 사람마다 취향이 다른데, 이왕 뿌리시는 거 좀 진한 향수로 찾아봐 드릴까요?"

나는 갑자기 나 자신이 히스테리만 부리는 노처녀 같다는 생각이 들었다. 저렇게 아무렇지 않게 지나갈 수도 있는 일인데, 나만 까칠하게 받아들이고 분위기를 냉랭하게 만들었구나 싶어 부끄러운 기분마저 들었다. 이후 능청스럽게 대답을 잘했던 그 여직원은 나에게 이런 말을 했다.

"그냥 그러려니 하고 넘기면 모든 일이 별일이 아니야. 감사합니다, 생각하면 다 감사해지는 것처럼 말이지."

나보다 사회 경험이 많았던 그 언니는 그렇게 나보다 두 배쯤은 더 어른 같은 말하기 태도를 가지고 있었던 셈이다.

　이후 나는 직업을 전향하여 서비스 강사와 스피치 강사로 일을 하
게 되면서 그 언니가 했던 말을 자주 떠올리곤 했다. 비즈니스로 사
람을 만날 일이 많아지면서 인사로 나누게 되는 '감사합니다'가 습
관처럼 몸에 배었다. 물건을 사고 나올 때도 매장 직원이 아닌 손님
인 내가 '감사합니다'라고 먼저 인사를 하게 될 정도로 말이다. 구경
만 하고 물건을 사지 않아도 인사를 했다.
　"잘 봤습니다. 감사합니다."
　별것 아닌듯한 짧은 인사지만 시큰둥한 표정이었던 직원 얼굴이
한결 가벼워지는 모습을 보게 된다. 선물을 받을 때보다 줄 때 더 설
레는 것과 같은 이치라고 생각한다. 특별히 좋은 일이 있어서 감사
한 것이 아니라, 마음먹기에 따라 나의 행동과 말하는 태도가 변화
하고 있음을 느낀 것이다. 내가 먼저 감사한 마음으로 인사하면 상
대방도 함께 인사를 나누게 된다. 그렇게 나는 긍정의 언어가 멀리
전파되는 것이라 믿게 되었다.
　잘될 거라는 믿음이 잘되는 일들을 만들어 간다. 마음이 편안해
지고 상대방을 한 번 더 살펴보게 된다. 나쁜 마음보다 긍정적인 마
음이 들면서 마음과 말투가 변화되기 시작했다. 당연히 행동에까지
이어졌다. 긍정적인 언어와 태도가 어떻게 사람을 변화시키는지 경
험하게 된 것이다.

어떤 사람들은 '미치겠다, 힘들다, 죽겠다' 하는 말들을 수시로 하면서 스스로 자신을 파괴하는 경우가 있다. 운명은 그 사람이 어떤 말을 듣고 자랐으며 어떤 말을 하며 살아가는가에 따라 달라진다고 해도 틀리지 않는다. 그래서 '말하기 태도'에는 나의 인격과 태도가 모두 담겨진다는 것이다. 지금보다 말을 잘하고자 하는 마음에서 이 책을 읽고 있다면 더더욱 그렇다. 특정한 자리에서 어떤 말인가를 하기 전에 우선 나의 마음가짐이 지금 긍정적인 말을 할 수 있는 상태인지 먼저 점검해보자.

왜 대화와 스피치가 중요한가? 모든 스피치는 나를 통해 나오고, 내가 하는 말들이 수많은 사람들에게 영향력과 파괴력을 지닐 수 있기 때문이다. 어떤 목적으로 말하기를 준비하든 상관없다. 성공하고 싶은가? 말하기를 잘해서 지금보다 더 성공하고 싶은가? 그렇다면 나의 말하기 태도부터 바꾸자. 긍정적인 말하기를 통해 내가 가진 말하기의 위력을 경험해보자.

말하기를 잘하고 싶다면 연습하고 또 연습하자. 몸에 익혀야 제대로 된 말하기를 할 수 있다. 한 번의 마음가짐으로 어느 날 갑자기 긍정적인 태도로 변하지는 않을 것이다. 시행착오를 거치고 오랜 시간 내 몸에 축적되어야만 진짜 내 것이 된다. 긍정의 기운으로 상대방도 함께 행복해지는 말하기 기운이 내 안에 있다는 것을 잊지 말자.

비즈니스의 모든 순간은 스피치다

비즈니스에서 기본은 무엇이라고 생각하는가? 나는 단연코 '인사'라고 말하고 싶다. 아무것도 할 줄 모르는 신입사원에게 인사라도 잘하라는 말이 괜히 생긴 게 아니다. 비즈니스의 시작을 스피치라고 했지만, 그 스피치를 위해 입을 떼는 첫 걸음이 바로 인사다. 별것 아닌 것 같아도 습관 되지 않으면 힘든 것이고, 쉽게 생각하지만 잘하는 사람이 많지 않은 것이 인사다. 신입사원 교육이나 직장 내 기업문화와 관련된 교육을 할 때 빠지지 않고 진행되는 주제도 '인사'다.

내 주변을 돌아보자. 내가 하는 비즈니스를 통해 만나는 사람이 몇 명인지 떠올려보자. 같은 건물을 사용하는 이웃 회사의 직원, 매일 만나지만 서로 얼굴만 아는 사이도 있을 것이다. 함께 일하지만 같은 업무가 아니라 한 번도 말 안 섞고 지낸 사람은 없는가? 만나는 사람의 수만큼 인사를 잘하고 있는가 생각해보자. 내가 얼마나 폭넓은 비즈니스를 할 수 있는 사람인지는 스스로의 주변부터 살펴보면 알 수 있다.

강의를 의뢰받으면 처음 마주하는 사람과 인사를 나눈다. 스피치를 시작할 때도 청중들과 인사를 먼저 나누게 된다. 어디에서 온 누구라는 자기소개를 하면서 자신이 맡은 업무 이야기를 나눈다. 간단히 차 한 잔 마시며 날씨나 오늘의 이슈를 이야기하며 스몰토크로 분위기를 편안하게 만든다. 그것이 평범한 비즈니스 인사의 시작이다. 그런데 잊지 못할 순간도 있었다. 가장 불편했던 인사의 순간이 그랬다.

모 기업에 강의를 갔다. 그날도 어김없이 그 기업의 대표 및 몇몇 간부가 함께 인사를 나누었다. 회사 로고가 찍힌 명함을 건네며 강사라는 이름으로 나를 소개했다. 그런데 간부 중 한 분이 다짜고짜 반말을 섞어가며 이렇게 아는 척을 했다.

"아, ○○회사구나. 내가 잘 알지. 나도 젊었을 때 거기서 일했는데, 몇 기수인가?"

순간 당혹스러웠다.

"저는 몇 기수 같은 건 없습니다. 그냥 강사로 채용된 직원입니다"라고 대답했다.

"그럼 정직원이 아니라는 말인가? 정직원도 아닌데 회사 명함 들고 다니면서 강의해도 괜찮나? 강의 잘못하면 회사 얼굴에 먹칠하는 거 아닌가?"

화가 났다. 자기네 회사에 강의를 하러 온 강사인데, 특별한 대접을 바란 건 아니지만 최소한의 예의는 지켜주길 바랐다. 처음 보는 사람에게 무례하다고 생각했다. 하지만 감정을 그대로 표현할 수는 없었다.

"열심히 준비해 왔습니다. 제가 강의하는 걸 들어보시면 그런 걱정 안 하셔도 될 겁니다."

아무렇지 않은 척 응수했다. 비즈니스의 첫 시작으로 인사만 나누었을 뿐인데 상대방의 내면이 함께 보였다. 사실 이런 기분을 느낀 건 그때가 처음은 아니었다. 회사 내에서 몇몇 부장님들께 들었던 속상한 말들도 한꺼번에 생각이 났다.

"말하는 게 직업인 사람인데 강의 하나 하는 거랑 두 개 하는 거 별반 차이 없잖아? 이번 주에 강의 한두 곳만 더 다녀와 줘."

부장이 아는 지인 회사에 가서 강의를 해달라는 부탁이었는데, 직위를 이용해서 부탁이 아닌 명령이 된 경우였다.

"한번 준비하면 다음번에 똑같이 하면 되잖아. 매번 하는 일인데 힘들 거 없잖아."

뭔가 대본을 들고 나가서 읽고만 돌아오면 되는 것인 양 강의를 쉽게 생각하는 것 같아 속상한 대접을 받을 때가 많았다. 그동안의 서러움이 한꺼번에 생각나면서 마음이 흔들거렸다.

그 분은 '어디 한번 해봐라' 하는 표정으로 "그래?" 하며 나를 한

번 흘깃 보았다. 이번만이 아니다. 명함을 건넬 일이 있을 때면 상대방은 내 이름보다 회사 이름을 보며 반응했다. 명함을 건네는 사람이 아닌 명함에 적힌 배경을 먼저 보는 것이다. 사실 사회 초년생 시절에는 내 이름이 적힌 명함을 가지고 싶었다. 명함에 있는 배경이 빛날수록 내가 잘났다고 착각을 하는 것이다. 친구나 지인들에게 한 장씩 건네는 명함이 성공의 첫 시작이라고 착각했던 때가 있었다. 명함이 가진 힘을 알지만 그것이 전부가 아니라는 걸 실력으로 검증해보이고 싶었다.

강의가 시작되기에 앞서 눈을 감고 심호흡을 했다. 흔들리는 내 마음을 바로잡고 멋지게 강의를 해내야 했다. '이것은 비즈니스다. 강사의 비즈니스는 최고의 강의를 해내면 된다. 할 수 있다. 잘하자.'

스스로를 다독였다. 그리고 당찬 발걸음으로 어느 때보다 더 열정을 다해 강의를 했다. 2시간의 강의를 마쳤다. 직원들의 반응도 좋았고, 즐겁게 강의를 마칠 수 있었다. 당당하게 인사를 마치고 사무실로 돌아왔다. 무사히 강의를 했지만 자꾸만 그 분의 말이 생각났다. 점심시간에 만난 우리 팀 부장님께서 인사를 건네셨다.

"오늘 강의 어땠어? 고생 많았지?"

갑자기 눈가가 빨갛게 달아올랐다. 부장님은 평소 강의 경험도 많은 분이었다. 강의를 해봤으니 누구보다 내 마음을 잘 아는 것이었다. 사실은 이런저런 일이 있었다고 말씀드리자 부장님은 그런 무례한 사람이 있었느냐며 나보다 더 화를 내셨다. 강의를 다녀온 곳에 전화를 해서 다시는 그런 말을 못하게 하겠노라고 으름장을 놓으셨다. 든든한 마음이 들었다. 평소 내가 하는 강의를 듣고 지지하고 응원해주시는 분이었다.

나의 강의가 나 혼자만의 것이 아니라 회사의 이름을 걸고 하는 것이기에 늘 긴장되고 부담스러웠는데 그런 마음을 알아주시는 분이 있어 다행이었다. 스피치는 그랬다. 나에게는 가끔 독이자, 힘이자, 실력이었다. 온 힘을 다해 내가 해야 하는 것, 잘해야 하는 것, 내 인생의 성공 여부가 달린 것이었다.

거듭 말하지만 모든 비즈니스는 나와 상대방의 대화로부터 시작된다. 그 처음이 인사이고, 인사로 시작된 이후의 모든 대화들이 내가 책임지는 비즈니스의 결과물들이 된다. 나에게 그런 말을 하셨던 그 분도 비즈니스를 하는 분이다. 나뿐만 아니라 다른 누군가를 만나도, 자신이 하는 말이 자신의 비즈니스에 영향을 미칠 수 있음을 알았으면 한다.

성공한 비즈니스맨 중에 막말을 하거나 언행이 불성실한 사람을 본 적이 있는가? 난 한 번도 본적이 없다. 어느 자리에서나 자신의 말에 책임을 지고, 다른 사람을 배려할 줄 아는 사람들이 비즈니스에서도 성공을 거두는 법이다. 적을 두지 말자. 적을 가진 사람은 비즈니스에서 성공할 수 없다. 상대방을 언제 어느 자리에서 다시 만날지 모를 일이다. 내가 상대에게 내뱉은 독 같은 말이 있다면, 그 말이 다시 나에게 되돌아올 수 있음을 알아야 한다. 제대로 내뱉지 않으면 화살처럼 도로 날아와 비수처럼 내게 꽂힐지 모를 일이다.

비즈니스의 모든 순간은 대화요 스피치다. 당신이 비즈니스를 준비하고 있는 사람이라면, 그래서 대화와 스피치를 더욱 잘하고 싶다면, 모든 순간 긴장을 놓지 말고 당신의 말을 갈고 다듬어야 한다. 말이 나의 모든 것을 대신해주는 그림자가 된다. 자신의 스피치를 점검하고 싶다면 내가 하는 스피치의 첫 인사가 어떤지를 떠올려보자. 안녕하세요? 인사 한마디가 모든 비즈니스의 시작이다.

secret 05
직급이 높아질수록 발표의 연속이다

　호감 가는 직장인은 성공을 부른다. 호감 가는 직장인이 말까지 잘하면 더 빠른 성공을 이룰 수 있다. 조용히 일만 하는 직원보다는 당차고 말 잘하는 직원이 트랜드 변화에 잘 대응할 수 있는 실력을 갖췄다고 인정받는 시대다. 그래서인지 요즘 자기 계발을 위해 스피치를 배우려는 사람들이 많아지고 있다. 직장에서의 말하기 능력은 협상이나 발표, 회의 등 필요한 곳이 한두 곳이 아니다. 동료들에게 따뜻한 위로와 격려의 말을 잘해주는 직원, 협상에서 유연하면서도 요령 있게 상대를 설득할 줄 아는 비즈니스맨, 많은 사람들 앞에서 발표나 강연을 잘하는 직원은 당연히 능력을 인정받고 남보다 빠르게 승진할 수 있다. 게다가 직급이 높아질수록 남들 앞에 나아가 무언가를 발표하고 교육할 일도 많아지는 것이 당연하다. 대화의 기술과 스피치 능력 없이 성공적인 회사 생활을 한다는 것이 그만큼 어렵다는 얘기다. 스피치 학원이 문전성시를 이루는 것은 이 때문이다. 말도 제대로 할 줄 모르는 직원을 좋아할 회사는 어디에도 없다.

　어느 날 초단기 스피치 교육을 받고 싶다는 전화를 한 통 받았다. 모 회사의 A과장님으로, 곧 있을 노조의 임원 선거에 출마할 예정이라고 했다. 당연히 연설문을 쓰고 정견발표를 해야 했는데, 특히 발표에 자신이 없다는 것이었다. 그 이전 해에도 선거에 출마했지만 당선되지 못했다고 했으며, 여러 지인들이 "연설문을 읽을 때의 자신감 없는 목소리가 실패의 요인인 것 같다"고 하기에 스피치 코칭을 알아보게 되었노라고 했다.

　교육에 앞서, 그 이전 해에 출마하여 연설했던 모습을 찍은 영상이 있으면 가지고 오시라고 요청을 드렸다. 나중에 영상을 받아서 보니 연설문의 내용이나 구성은 문제가 없었다. 그런데 그 과장님은 이 연설문을 열심히 읽기만 하는 모습이었다. 열정과 자신감이 전혀 보이지 않았다. 남이 써준 원고를 그저 읽고만 있는 느낌이었다. A과장님은 본인이 직접 쓴 원고라고 했지만, 남이 써준 것과 자신이 쓴 것의 차이를 전혀 느끼지 못할 정도였다. 자기의 가슴이나 머릿속에 있는 말을 하는 것이 아니라, 연단 위에 놓인 종이를 보며 시종일관 읽고만 있었던 것이다. 게다가 작고 자신감 없이 웅얼거리는 목소리여서 아무리 좋은 내용이라도 청중들에게 전달되기는 요원해 보였다. 다른 발표도 아니고 선거유세인데, 상대 후보와 비교되어 점수를 잃기 딱 좋은 조건이었다.

그 과장님에게는 일단 자신감 있는 목소리와 억양, 목소리 톤으로 바꾸도록 코칭을 했다. 이어 시선은 카메라를 응시하게 하고, 최소한 두세 줄 정도의 문장은 외워서 말하도록 했다. 생각나지 않을 때만 연설문을 적어둔 종이를 내려다보는 식으로 연습을 했다. 카메라를 사람의 눈이라 생각하고, 그 눈을 바라보며 호소력 있게 말하기를 연습한 것이다. 자신감 있는 말투와 눈빛으로 자신의 의지를 전달해야 한다는 점을 강조했다. 동영상 사이트를 통해 다른 사람들의 유세 연설도 많이 보도록 했는데, 이는 어떤 사람의 말이 전달력이 좋고 신뢰가 가는지 직접 느껴보는 것이 효과적이기 때문이었다.

그렇게 며칠 동안 크고 밝은 음성으로 말하기를 반복하여 연습시키자 이내 연설문이 적힌 종이는 아예 보지도 않게 되었다. 이후에는 손동작 몇 가지를 추가하여 발표하도록 했다. 코칭을 시작하기 전에 비해 훨씬 적극적이고 열정 있는 모습으로 변했다. 그리고 얼마 지나지 않아 선거에 당선되었다는 기쁜 소식을 전해왔다.

유사하지만 경우가 조금 다른 경우로 상당히 큰 규모의 회사에 다니던 C부장님도 있었다. 개인적으로 스피치 코칭을 받고 싶다며 연락을 해왔다. 중견기업의 부장이면 직급이 올라갈 때마다 수십 번 스피치를 해봤을 텐데 따로 코칭을 요청한다는 게 다소 의외였다. 만나서 이야기를 들어봤다.

그는 초지일관 자신의 말하기와 스피치 방법을 고집해오고 있다고 했다. 그렇게 수십 년이 지났는데, 이제는 말을 하는 자신도, 호응을 해주던 직원들의 분위기도 예전 같지 않다고 했다. 직원들의 냉랭해진 반응을 보고 이제는 변화가 필요하다고 생각하여 스피치 코칭을 받기로 했다는 것이었다.

자신만의 고집스런 스타일을 바꾸고, 사람들 앞에 나서는 것이 다시 자연스러워 보이도록 연출이 필요했다. 직급이 높아질수록 발표할 기회는 많아지고, 그만큼 직원들의 기대치도 높아지는 것이다. 취업준비생이 면접을 준비하듯이, 신입사원이 발표 연습을 하는 것처럼 직급이 높은 사람들도 멈추지 않고 연습을 해야 한다. 그동안 발표를 해왔던 경험의 시간이 있었으니 그 부장님은 새로운 직원들의 새로운 기대에 부응하고 싶었던 것이다. 처음부터 기본기를 잘 다져왔어야 하는데 지금이라도 늦지 않았다면 이번 기회에 바로잡고 싶다고도 했다.

그 부장님은 또 스피치 강화를 위해 신언서판을 다시 새기는 마음가짐으로 도전하고 싶다는 말도 했다. 말하기뿐만 아니라 모든 분야에서 뛰어난 상사의 모습으로 당당하게 직원들 앞에 다시 서고 싶었던 것이다. 부장님의 '신언서판 연출'을 위해서는 대본이 필요했다. 그동안의 스피치 방식이 어떤 것이었는지 분석할 필요도 있었다.

마이크를 잡는 모습, 인사, 이미지, 발음이나 발성, 청중들과의 눈맞춤 등 아주 세밀하게 관찰했다. 그리고 칼날 같은 피드백을 했다. 발표 경험이 많아서 생각보자 떨지는 않았다. 당당하고 힘찬 목소리로 스피치를 이어갔다. 하지만 자신감이 넘칠 뿐 내용이 잘 전달되지는 않았다. 글을 읽는 것 같은 느낌이 강하고 자연스러운 대화의 기술은 부족해 보였다. 직급이 높아질수록 부하직원이 많아지고, 함께 공유하는 느낌보다 내용을 정리, 전달하는 경우가 많았을 것이다.

나의 피드백을 듣고 그 부장님은 부끄럽지만 속이 시원하다고 했다. 나서서 말할 기회는 많지만 한 번도 누군가로부터 제대로 된 피드백을 받을 기회가 없었던 것이다. 사내에서 누군가 부장님의 발표에 이렇다 할 충고를 했을 리가 없다. 교장 선생님 훈화 말씀에 초등학생이 나서서 "선생님 목소리가 작아요. 크게 말씀하세요"라고 말하지 않는 것과 같다. 아무도 말하지 않으니 잘되었는지 잘못되었는지 판단할 필요도 없었다. 그냥 하고 싶은 말을 하고 내려오면 그뿐이었다.

그 분의 코칭을 위해 말하는 전체 모습을 녹화해서 직접 검토를 해보도록 했다. 부장님은 생각했던 것보다 더 고쳐야 할 것이 많다며 걱정했다. 하지만 자신의 상태를 점검하고 인정하는 것이 발전의 첫 번째 과제가 된다. 직원들에게 더 나은 모습을 보이기 위해서는 부족한 점을 인정하는 것이 첫 단계이다. 그렇게 시작된 부장님과의 코칭은 제법 오랜 시간이 걸렸다. 이미 몸에 베인 오랜 습관을 바꾸는 것은 백지에 무언가를 그리는 것보다 더 힘든 작업이다. 그 부장님은 직급이 높아질수록 말할 기회도 많아지고, 스피치의 종류도 다양해진다고 했다. 그러면서 회의실에서의 말하기, 발표할 때의 스피치, 연설이나 사회를 볼 때의 스피치 등으로 세분화 하여 코칭을 요청했다.

조금씩 자신의 말하기에 자신감이 생기자 상황에 맞는 말하기를 하고 싶어진 것이다. 직원들과 일대일로 면담을 하는 경우, 단체 행사에서 사회를 보게 되는 경우 등 때와 장소에 맞는 말하기의 기술을 익히고 싶다고 하셨다. 목소리의 크기나 청중을 바라볼 때의 눈빛, 말하는 속도와 내용 등 꼼꼼하게 연습을 했다. 그리고 몇 달 후 부장님의 모습은 놀라보게 달라졌다.

첫 인사부터 존재감을 각인시키며 등장했다. 자신감 있는 모습에 전문가다운 자세가 더해지고, 청중과 눈빛을 나누는 여유까지 생겨난 것이다.

모든 분야에서 직급이 높아질수록 업무의 양은 증가하고 스피치를 하게 되는 경우의 수도 늘어나게 된다. 지금의 그 자리에 안주하지 않고 더 성장하고자 하는 사람은 반드시 스피치를 연습해야 하는 이유이다. 나를 찾아왔던 그 부장님이 자신의 현재 자리에 멈추지 않고, 자기계발을 위해 스피치를 배운 것처럼 말이다. 앞으로 내가 하고자 하는 사업의 영역이 확장될수록 더 많은 스피치를 하게 될 것이다. 그때마다 빛나는 실력을 보일 수 있도록 미리 준비해두자. 스피치를 잘한다면 호감 가는 직장인에서 멈추지 않고, 말 잘하는 1인 기업으로 나를 알릴 수 있는 최고의 전략이 될 것이다.

secret 06
성공하려면 스피치 능력을 키워라

주목받는 사람이 되기 위한 스피치는 앞으로의 삶을 더 풍요롭게 한다. 퇴사나 사업을 통해 제2의 인생을 준비하고 있는 사람들이 늘어나고 있다. 취업전쟁이라고는 하지만 입사보다 더 어려운 게 퇴사라는 말이 있지 않던가? 이는 퇴사 후의 인생이 준비되어 있지 않기 때문이다. 퇴사는 누군가를 위해 일을 하는 것이 아니라 나의 행복과 성공을 위해 일할 준비를 하는 것이다. 그러기 위해서는 내가 가진 능력에 나만의 말하기 기술이 더해져야 한다. 일 잘하는 사람은 생각만 하지 않고 몸으로 움직이며 행동으로 보여준다. 그리고 생각하는 힘이 커질수록 그 행동의 폭도 더 넓어진다. 당신이 성공하고자 하는 마음가짐으로 행동을 시작했다면 더더욱 말하기의 중요성을 실감했을 것이다.

사업을 하며 1인 기업인으로 살아가는 것을 원하는가? 그렇다면 당신은 반드시 스피치 능력을 갖추어야 한다. 주목받는 사람이 되기 위한 스피치를 연습하자. 사고하는 힘을 키우고 많은 생각과 스토리를 정리해 두어야 한다. 이를 입으로 뱉어내어 나만의 스피치로 완성시키기까지는 수많은 시행착오를 겪게 된다. 사업의 성공 여부도 노력 여하에 따라 달라지듯 그렇게 한 단계 한 단계 스피치 능력을 연습해보는 것이다.

말을 잘해서 성공한 사람들의 사례는 수도 없이 많다. 그래서 대부분의 성공한 사람들은 말을 잘한다고도 하지 않는가? 말을 잘하기 위해서는 우선 몇 가지 조건들이 갖추어져야 한다. '꼭 필요한 자리에서 말을 잘할 수 있는가? 열정적으로 내가 하는 일을 잘 알릴 수 있는가? 다른 사람이 나의 말을 듣고 호기심이나 유머를 느끼는가? 나만의 스토리를 많이 알릴 수 있는가?' 하는 것이다. 그렇기 때문에 말을 잘한다는 것은 머릿속으로 생각하는 것보다 훨씬 더 복잡한 과정을 거친다. 세분화된 나만의 성공 스피치 능력을 가지지 않고서는 말 잘하는 것 하나만으로 성공을 보장할 수 없다.

고등학생들을 대상으로 스피치 강의를 하면서 질문을 하나 했다.
"어떤 사람이 말을 잘하는 사람일까요?"
"유재석이요."
"손석희요."
저마다 손을 들고 유명한 사람의 이름부터 말했다. 그런데 한 학생의 대답이 신선했다.

"낄끼빠빠 잘하는 사람이요."

낄끼빠빠라는 말이 낄 때 끼고 빠질 때 빠지는 사람이라는 설명을 듣고 웃음이 났다. 하지만 그것이 정답인 것 같았다. 학생들이 말하는 유재석, 손석희 같은 사람들의 말 잘하는 방법에는 바로 이 낄끼빠빠를 잘하는 법도 포함되어 있다. 성공을 위한 스피치 능력에서는 이러한 낄끼빠빠를 한수 배울 필요가 있다. 낄 때 끼고 빠질 때 빠질 수 있으려면 말하기의 고수가 되어야 한다. 청중을 제대로 분석하고 그들이 듣고 싶어 하는 말을 짧고 간략하게 할 줄 알아야 하는 것이다. 청중을 잘 분석해야 어떨 때 끼어야 하는지, 어떨 때 빠져야 하는지를 알 수 있다. 말은 타이밍이고 행동은 추진력이다. 내가 말할 타이밍을 제대로 알고 적절한 때 움직이는 것이야말로 스피치 능력의 기본이다. 어떻게 낄끼빠빠의 타이밍을 제대로 알 수 있을까? 생각하는 힘을 키워야 한다.

사람들과의 대화를 살펴보면 그 사람의 말하기 방식들이 눈에 띈다. 혼자서 말하기를 즐기는 사람, 중간에 불쑥 다른 사람의 말을 끊고 이야기하는 사람, 잘 듣고 자신의 말할 타이밍을 아는 사람 등등이 있다.

스피치 코칭을 통해 만난 성은 씨는 평소 말하기를 좋아했다. 회사에 근무하면서 매일 사람을 만나는 것이 즐겁다고 했다. 하지만 고객들에게 보험이나 적금 관련 상품을 안내하는 자신의 일을 힘들어 했다. 상담이 길어지고 상품 이야기보다는 개인적인 이야기들을 더 늘어놓게 된다는 것이다. 집중해서 다시 상품 설명을 해도 고객이 재차 질문하거나 이해하지 못하는 경우가 빈번했다. 성은 씨의 말하기에서 아쉬운 점은 말하기는 좋아하지만 내용이 정리되지 않아 다른 주제로 이어지는 경우가 많아 보인다는 점이었다. 처음부터 정리된 말하기를 연습해본 적이 없기 때문이었다. 말을 주저리주저리 많이 하는 경우 상대방이 주제 파악을 하기가 힘들고 원하는 바를 제대로 이해시키기도 어렵다.

성은 씨에게 요즘 즐겨보는 드라마가 있느냐고 물었다. 그리고 그 드라마가 어떤 내용인지 나에게 설명을 해줄 수 있겠느냐고 부탁했다. 자신 있게 드라마에 출연하는 배우부터 소개했다. 그리고 어떤 내용이며 왜 재미있는지를 설명하기 시작했다. 그런데 드라마 내용보다는 자신의 생각이나 감정 이입된 내용들이 더 많았다. 드라마를 한 번도 보지 않았던 사람이라면 이해하기 힘든 설명이었다.

다시 처음의 질문으로 돌아와, 이번에는 드라마가 아니라 전래동화 한 편을 내게 소개해줄 수 있겠느냐고 부탁했다. 백설 공주와 일곱 난장이, 아기돼지3형제와 같은 동화 한 편을 이야기 하면 되는 것이다. 등장인물이 누구인지, 동화 속 주된 이야기는 무엇인지, 이야기가 전하고자 하는 바는 무엇인지 말하면 되는 것이다. 그 정도는 별것 아니라는 생각이 든다면 독자들도 한 번 시도해보길 바란다. 아마 생각만큼 쉽지 않을 것이다. 알고 있는 이야기지만 정리해서 다른 사람에게 말하기란 어렵다. 그래서 평소 말을 정리하는 습관이 필요한 것이다.

한 가지 주제나 이야기를 짧게 정리하여 말하는 연습을 해보는 것이 좋다. 앞서 소개한 것처럼 드라마나 영화, 동화 같은 이야기를 정리하는 것도 방법이다. 스피치를 하면서 자기소개를 할 때에도 1시간을 할 수도 있고 10분을 할 수도 있어야 한다.

이는 본인이 말하기를 위해 얼마나 생각하는 힘을 길러 왔느냐에 따라 성공 여부가 달려 있다. 내가 말하고자 하는 주제에 대해 심도 있게 생각해보는 시간을 가져보자. 하루의 1할은 생각하는 힘을 기르는 데 써보자. 사고하는 힘이 제대로 된 말하기의 밑거름이 된다.

성은 씨에게는 업무와 관련된 자기만의 스크립트를 작성하도록 했다. 각 상품마다 반드시 알려야 하는 사항들을 기록해두고, 고객별 맞춤 응대 멘트를 적어보도록 했다. 상품 설명에 있어 개인적인 감정이 실리지 않도록 주의하면서 고객 맞춤 자료들을 쌓아가도록 유도한 것이다. 무대가 익숙한 강사들도 떨릴 때면 종이를 가지고 강의실에 들어간다. 강연을 하면서 종이를 펼쳐보지는 않을지라도, 이를 손에 쥐고 있으면 언제든지 볼 수 있다는 생각에 안심이 되기 때문이다.

성은씨도 이제 자신만의 스크립트가 있으니 어떤 고객을 만나도 스피치를 하는 데 자신감이 생겼다고 했다. 말을 듣는 사람의 입장에서 생각하고, 전달할 내용을 미리 정리해 보는 것이 모든 말하기에 큰 도움이 된다는 사실을 잊지 말자.

비즈니스 대화와 스피치를 잘하고 싶은 사람이라면 이러한 연습이 반드시 필요하다. 내가 바라는 사업 분야에 있어서 적절한 스피치 주제를 정해두자. 그리고 다양한 방법으로 탄탄한 구성력을 갖춘 스크립트를 작성해볼 것을 추천하고 싶다. 남을 이기면 일등이 되고 나를 이기면 일류가 된다. 내가 나를 넘어서 크게 성공하는 방법은 스피치 능력에서 나올 수 있음을 기억하자.

secret 07
스피치 전성시대

거리에서 버스킹을 하는 젊은 친구들을 한참을 서서 바라보았다. 저마다의 재주로 악기 연주나 노래를 하는 그들은 행인의 발걸음을 잡는다. 청중들은 함께 몸을 들썩거리기도 하고 박수로 답을 하기도 한다. 나도 악기 하나쯤 다룰 수 있으면 좋겠다는 생각이 들었다. 특별한 소개보다 악기를 연주하며 나를 뽐낼 수 있는 장기만큼 멋진 것이 있을까? 그들의 노래가 행인의 발걸음을 잡듯이 내가 가진 악기가 있다면 바로 내 목소리다. 내가 하는 말로 누군가의 발걸음을 잡을 수 있다면 제대로 된 스피치를 한 셈이다. 목소리는 어떤 상황에 맞게 알맞은 음을 낼지 조절할 수 있다. 내가 내는 목소리가 상대방을 기분 좋게 할 수 있는 스피치라면 더할 나위가 없다.

지금은 스피치 전성시대다. 나를 알리고 제품이나 회사를 알리고, 상황에 맞는 말을 통해 비즈니스를 확장시키기도 한다. 어느 상황에서나 적절한 스피치를 잘하기 위해 사람들은 저마다의 노력을 한

52 통하는 대화 떨지 않는 스피치의 비밀

다. 나를 알리고 미래를 준비하는 사람들은 그래서 스피치를 배우고 익히기 위해 투자를 서슴지 않는다. 스피치를 잘하기 위해 나는 어떤 준비 전략을 가지고 있는지 생각해보자. 어떤 미래를 준비하기 위해 스피치를 하려고 하는지 목적을 분명히 하고, 기본 다지기부터 시작을 해보는 것이다.

스피치의 종류는 매우 다양하다. 설득 스피치, 웅변 스피치, 면접 스피치 등 이름 붙이기 나름이다. 게다가 말하는 법을 가르치는 강사도 스피치 강사, 보이스 트레이너, 면접 전문 강사, 논리 스토리텔링 강사, 키드 스피치 강사 등 더욱 세분화되어 그들의 역할이 나뉘고 있다. 가수를 희망하는 사람들은 보컬 트레이너에게 노래를 배우기 전에 스피치 학원에서 먼저 발음을 배우기도 한다. 취업 시즌이 되면 면접에서 합격하기 위해 면접 전문 스피치 강사를 찾아 나선다. 초등학생들도 사고력을 키우기 위해 웅변이나 논리 수업을 따로 공부하기도 한다. 수많은 분야에서 스피치와 관련된 활동들이 이루어지고 있는 것이다. 이렇게 스피치 하나로도 여러 분야의 직업들이 생겨날 정도이니 전성시대라는 말이 실감이 난다.

내가 강사 일을 하면서 만나 온 수많은 사람들은 직업도 목적도 다양했다. 배우고자 하는 이유도 제각각이었다. 하지만 한 가지 분명한건 그들이 살아가면서 스피치가 삶에 얼마나 많은 비중을 차지하고 있는지를 몸소 느꼈다는 것이다. 취업이나 승진을 위해서, 사업의 확장을 위해서, 자기 계발을 위해서 스피치를 배우고자 했다. 하지만 대부분의 사람들이 배움에서 그치지 않고 자신이 더 잘할 수 있는 분야를 찾아 직업을 전향하기도 했다.

스피치를 배우고 나서 자신감이 생기고 다른 사업 분야에도 관심을 가진 경우도 많았다. 평소 스피치를 두려워하는 사람들은 말하기뿐만 아니라 다른 분야에도 자신감이 없는 사람이 많았다. 남들 앞에 나서기를 불편해 하고 그러다 보니 말하기에 대한 두려움이 생긴 것이다. 그런데 말하기를 배우고 자신감이 생기면서 말하기 이외의 다양한 분야에도 자신감이 생기고 할 수 있는 일들이 많아진 것이다.

관심 분야에서 내가 잘할 수 있을까 두려움을 가지기보다는 '이것도 해볼까?, 저것도 할 수 있을 것 같아' 하는 식의 기본 마음가짐이 달라진다. 할 수 있다는 자신감 있는 태도와 행동이 나를 이끌어 가는 힘을 얻게 된다. 나는 이미 알고 있는 내용이었지만 누군가는 자신의 재능을 배우고 싶어 하며 대가를 지불할 의사를 보이는 일들이 수없이 존재한다. 재능을 남에게 알릴 기회나 자신이 없어, 말하는 자신이 없었을 뿐이다. 삶은 내가 나만의 무대를 만들어 가는 것이다. 내가 방향성을 잡고 목적을 이루기 위한 노력을 게을리 하지 않는다면 무한한 가능성의 무대가 기다리고 있다. 말하기를 두려워해서 시도조차 해보지 않았던 사람들이라면 더욱 그렇다. 당신에게는 수만 가지의 기회들이 기다리고 있다. 말하기 자체를 두려워하는 마음가짐을 버리자. 말하기를 시작하기 위한 준비부터 해보자. 어느 순간 어디에서라도 말할 수 있는 자신감이 장착되어 있다면 두려워할 일은 없다. 내가 가진 재능을 알리고 기부하고 퍼뜨리는 노력을 시작하면 된다.

 뜨개질 솜씨가 좋았던 혜진이는 취미생활로 이것저것 만들기를 좋아했다. 모자나 머플러 같은 것을 만들어 선물하는 재미로 시작한 일이었다. 처음에는 주변 사람들을 통해, 그 다음에는 블로그를 통해 자신의 솜씨를 알렸다. 그렇게 자신의 재능을 조금씩 알아봐 주는 사람들이 늘어났다. 1일 특강이나 개인 강좌를 요청받기도 했지만 남 앞에 나설 준비가 안 되어 있다며 매번 거절했다. 그렇게 자신이 좋아하는 일을 사업적인 분야로 확대시킬 수 있는 기회를 놓친 것이다.
 "회사 다니는 게 힘들면 뜨개질로 사업을 해보는 건 어때?"
 내가 제안한 말에 혜진이는 "그럴 수만 있다면 정말 좋겠어"라고 말했다.
 자신의 재능을 알아채지 못해서, 남들 앞에서 말할 수 있는 용기가 없어서, 생각조차 못했던 일이라고 했다. 이제는 지인들에게 뜨개질을 가르쳐 주는 일에 그치지 않고 강좌를 해보기로 마음을 먹었다. 새로운 사업을 위해 도전을 한 것이다. 먼저 수업내용을 어떻게 진행할지 프로그램을 구성했다. 사람들에게 어떻게 하면 쉽게 설명할 수 있을지 연습했다. 내가 아는 것만큼 상대방에게 알아듣기 쉽게 설명하는 것이 생각처럼 쉬운 일이 아니었다. 강좌에서 듣고도 어려움이 있는 사람들을 위해 동영상을 찍어 블로그에 게시했다. 한 땀 한 땀 바느질을 해나가는 모습을 반복해서 보는 것이 도움이 된다고 생각했기 때문이다.

그렇게 사업을 시작하고 6개월 정도 지났을 때 혜진이를 다시 만났는데 몰라보게 달라져 있었다. 좋아하는 일을 하고, 사람들과 자주 어울려 소통하는 법을 익히고, 그것이 사업적인 수단으로까지 이어지고 있었다. 하고 싶은 일을 재미있게 하면서 수입도 있다면 더할 나위 없이 기쁜 일이다. 남 앞에 나서는 것이 두려워 시작조차 하지 않았을 때와는 확연히 다른 삶을 살고 있었다. 스피치 전성시대에 내가 잘할 수 있는 일을 찾아 말할 수 있는 기회를 만들어보자. 평소에 내가 하던 일 속에 어떤 스피치를 접목시키면 사업적인 분야로 확대될 수 있을지 사업 아이템을 구상해 보자.

길은 내가 바라보는 쪽으로 열린다. 앞만 보고 달리면 이미 정해진 풍경만 보게 된다. 정면 돌파하라. 말을 통해서 내가 빛나고 주변을 빛나게 할 수 있는 수만 가지 일들이 있다. 그 무리에 뛰어들어야 함께 달려갈 수 있다.

제2장

스피치가
비즈니스의
성패를
좌우한다

secret 01
말하기에도 격이 있다

평소 사람들이 하는 말이나 행동을 보면 그 사람이 어떤 사람인지를 알 수 있다. 외모에서 풍기는 이미지, 말투, 다른 사람을 대하는 태도 같은 것이다. 심지어 작은 습관이나 걸음걸이도 그렇다. 상대방에게 보이는 어떤 것이라도 나를 표현하는 방법이 된다. 그래서 사람들은 누군가를 살펴볼 때 평소 태도나 말투를 살펴보라고 조언한다.

먼저 태도 부분을 살펴보자. 습관이나 행동 같은 것을 예로 들 수 있다. 엘리베이터를 탈 때 뒷사람을 배려해서 버튼을 눌러주는 것, 앞서가는 사람이 물건을 떨어뜨리면 주워서 건네주는 행동 같은 사소한 것들이다. 글로 적어 보면 '누구나 다 그런 거 아닌가? 별것 아닌 것'이라 생각할 수 있지만 실제 생활에서 일부러 문을 빨리 닫거나, 모른 척 하는 사람도 어렵지 않게 만나볼 수 있다. 평소 몸에 배인 습관이 아니라면 하루아침에 바뀔 수 있는 행동이 아닌 것이다.

행동도 그러니 말은 더 심하다.

우스갯소리로, 사람들이 마취를 하고 수술을 하는 경우, 수술에서 깨어나면서 제일 처음 하는 말이 평소 그가 제일 많이 쓰는 말이라고 한다. 마취에서 깨면서 "엄마" 하며 계속 엄마를 부르기도 하고, "야 인마. 아이씨" 같은 욕을 하는 사람들도 있다고 한다. 무의식중에 평소 자주하는 말이 습관처럼 튀어 나온다는 것이다. 이처럼 말은 내가 평소에 하던 습관이 가장 먼저 보이는 나의 태도 중 하나인 것이다.

동네 놀이터에 나가보면 여러 아기 엄마들을 만나게 된다. 그리고 사람들의 태도를 살펴보게 되었다. 아이들끼리 놀다보면 앞만 보고 달려가다 부딪치거나 넘어지기도 한다. 이럴 때 상대방 아이에게 먼저 괜찮은지 물어보거나 사과하는 엄마가 있는 반면, "너 왜 거기서 있었니?" 하며 되묻거나, 모른 척 지나가는 사람을 본 적도 있다. 상대방이 아기라서 아무 말 하지 않으면 그냥 별일 없는 것으로 단정지어 버리는 것이다. 다쳤는지, 아픈지, 살펴봐주는 관심을 가지는 어른의 태도는 없다.

딸아이와 놀이터에 갔다가 괜히 상처를 받은 적이 있다. 딸은 놀이터에서 만난 처음 보는 언니 오빠를 좋다고 졸졸 따라다닌다. 그럴 때 "아기야 안녕? 몇 살이야?" 하면서 먼저 말을 걸어주는 고마운 언니도 있다. 하루는 6살쯤 되는 여자아이가 자기 엄마에게 귀찮은 듯 물었다.

"엄마, 이 아기 누구야? 자꾸 날 따라다녀."

그랬더니 그 엄마의 대답이 기가 막혔다.

"응? 엄마도 몰라. 신경 쓰지 말고 그냥 무시해."

속에서 화가 치밀어 올랐다. 그냥 "언니가 좋은가 봐. 안녕?" 정도로 인사하고 지나갈 수도 있는 걸 무시하란다. 이제 겨우 17개월 된 아기가 무시라는 그 말을 알아듣지 못한 걸 천만다행으로 생각했다. 괜히 더 놀고 싶어 하는 아기를 데리고 집으로 일찍 들어와 버렸다.

모르는 누군가로부터의 이 기분 나쁜 언행과 태도가 그날 하루의 내 기분을 좌지우지 해버렸다. 소소한 일상 이야기를 했지만, 말이라는 것이 이렇게 평소의 작은 행동들에서도 나만의 '격'을 드러내는 것이다. 수십 년 동안 내가 써온 말투나 언행이 쉽게 바뀌지는 않는다. 나의 격이 모든 말하기로부터 시작된다는 것을 인지하고 주의해야 한다. 그래야 제대로 된 스피치자리에서, 나도 모르는 사이 내 안에 나쁜 인격이 있어서 그것이 '훅' 하고 튀어나오지 않게 된다.

평소의 언행이 더 중요한 곳은 바로 비즈니스를 함에 있어서다. 하루는 공무원들을 대상으로 서비스 강의를 하게 되었다. 마침 친구가 근무하는 곳이었다. 공무원은 안정된 직장이라 다들 부러워하긴 하지만 그만큼 민원을 상대해야 하는 직업이라 스트레스가 높은 직군으로 분류된다. 강의를 시작하기에 앞서 그들의 노고와 힘든 점들에 대해 편하게 이야기를 나누고자 질문을 던졌다.

"스트레스가 많은 직군들을 조사해 보니까 1위에서 5위 사이에 공무원이 있었습니다. 혹시 공무원 말고 또 어떤 직업을 가진 사람들이 스트레스가 높을까요?"

내가 했던 질문에 여러 사람들이 소방관이나 서비스 직종에 계신 분들을 대답했다. 그런데 맨 앞자리에 앉아있던 중년의 남성분이 이런 대답을 내놓았다.

"노래방 도우미가 세상에서 가장 힘든 직업 같아요. 어제도 회식한다고 노래방엘 갔는데 도우미들이 참 힘들어 보이더라고요."

순간 강의장에는 냉랭한 기운이 감돌았다. 강의를 듣는 사람도 청중의 입장이지만 회사 내에서 비즈니스를 함께하는 동료들이다. 그의 대답은 상황에 맞는, 분위기에 적절한 대답이 아니었기에 모두가 불편해진 것이다. 강의가 끝나고 친구가 나에게 부랴부랴 달려왔다. 알고 보니 중년의 그 남성분이 친구의 시아버지라고 했다. 평소 가족들 간의 우애가 좋아 보이는 친구였다. 그 친구는 일찍 결혼을 해서 시댁 식구와 함께 살고 있었는데, 하루는 전화를 걸어와 시아버님의 흉을 보기 시작했다. 평소 그런 친구가 아니었다. 시댁에서 어른들과 함께 사는데 갈등이 없어 보인다며 부러워했던 친구였다. 그런데 그 친구가 뱉은 한마디는 충격적이었다.

"사실은 우리 시아버지가 말하는 데에 격이 없어."

평소 인자해 보이시던 모습과 달리 화가 나면 말하는데 격이 없다며 그 부분이 견디기 힘들다고 토로했다. 한번은 가족들과 식사를 하러 가는 길이었는데, 앞서가던 차가 끼어들기를 하는 바람에 운전하던 아버님이 화가 났다고 했다. 다들 그냥 피해서 가자며 넘기려는데 아버님이 심한 욕설과 함께 가족들에게 오히려 화를 냈다는 것이다.

"다들 나만 나쁜 놈 만들지?" 하시며 소리를 지른 것이다. 기분 좋게 외출했던 가족들은 끼어들기 했던 차량 운전사가 아닌 아버님에게 오히려 더 화가 나고 실망해서 가족 간의 싸움으로 번졌다고 했다. 평소에는 아버님이 너무 좋으신 분인데, 가끔 이렇게 별것 아닌 일에 화를 내거나, 순간적인 감정을 억누르지 못할 때마다 가족들이 힘들어 한다고 했다. 그렇게 이야기들 들었던 그 시아버지를 나는 강의장에서 마주하게 된 것이다. 도우미라는 말을 내뱉은 시아버지보다 그 말을 들은 친구가 부끄러워하며 나에게 달려온 것이었다.

사람들과의 관계에는 '관성의 법칙'이 적용된다. 강의를 하는 사람이 엄숙하고 진지하게 말을 하면 강의실 전체 분위기가 숙연해진다. 신나는 분위기로 음악을 틀고 짧은 농담으로 분위기를 가볍게 시작하면 어려운 강의도 마음 놓고 편안하게 들을 준비를 하게 된다. 이처럼 친구의 시아버지가 했던 말 한 마디가 즐거운 가족들의 분위기를 한 번에 우울하게 만들어버릴 수 있는 것이다. 강의장의 분위기를 불편하게 만들어버린 것처럼 말이다. 음식도 같이 먹는 사람이 맛있다고 하면서 먹으면 별것 아닌 것 같은데도 더 맛있는 음식이 된다. 상황에 맞는 품격 있는 말 한 마디가 필요한 이유이다.

말하기에 조금 더 높은 품격을 갖추려면 어떻게 해야 할까? 말하기에 앞서 감정을 이성적으로 절제할 수 있는 노력이 필요하다. 순간적인 감정을 누르지 못하면 상대를 인정할 수 있는 포용력도 가지기 힘들다. 성공한 사람들이 갖추고 있는 고상하고 멋진 품격은 그냥 만들어지는 것이 아니다. 의식적으로 노력해야만 한다. 상대를 배려하는 마음을 가지고 그 배려를 실천해야 한다. 만약 하루에 수십 번씩 '욱' 하는 감정에 휩싸인다면 스스로가 통제할 수 있을 정도의 절제력도 필요하다. 어떤 경우에 참기 힘든 감정이 드는지, 어떤 상황에서 잘못된 언행이 발생하는지 자신을 잘 살펴보는 노력이 필요할 것이다. 그런 노력으로 나의 언행과 태도가 변화는 것이 느껴진다면 제대로 된 말하기를 위한 준비가 된 것이다.

성공을 위한 스피치의 힘은 내가 가지고 있는 '말하기 품격'에서 나온다는 것을 잊지 말자. 감정을 다스릴 수 있는 노력을 하며 준비를 해보자. 사람들 앞에서 말할 준비가 되었다면 말하기에도 격이 있음을 명심하고 한마디라도 신중하게 시작해 보자. 유명한 연예인을 보면 멀리서도 아우라가 빛난다는 말들을 한다. 내가 제대로 된 품격을 가진 사람이라면 빛나는 아우라를 가진 그들처럼 내 등 뒤에 빛나는 반짝임이 있을 것이다. 보통 사람들이 느낄 수 없는 진하고 큰 기운으로 품격 있는 말을 해보자.

secret 02
주목받는 스피치는 따로 있다

'가장 기억에 남는 여행지는 어디인가?'라는 질문에 최근 다녀온 여행지를 떠올리는 사람도 있을 것이고 몇 십 년이 지난 추억 속의 장소를 회상하는 사람도 있을 것이다. 기억에 남는다고 떠올릴만한 이유는 다양하다. 말 그대로 편안하고 즐거웠던 여행, 색다른 추억 이나 함께했던 사람이 기억이 나는 곳 등 이유는 다양하다.

기억에 남는 스피치, 들었던 이야기 중 기억에 남는 스피치를 떠올려 보라는 질문에 생각나는 사람이 있는가? 스피치의 내용이 떠오를 수도 있고, 내용은 정확히 기억에 남지 않지만 말하는 사람의 모습이나 이미지화된 형상이 기억날 수도 있다.

스피치는 무조건 '말'로만 하는 것이 아니다. 주목받는 스피치는 당연히 내용이 좋아야 한다. 하지만 말을 잘하는 것만큼 중요한 것이 말하는 사람의 신체적 언어다. 몸이 마음가짐을 바꿀 수 있고 마음이 행동을 변화시킨다는 말이 있다. 사람의 행동이 결과를 바꿀 수도 있는 것이다. 소심한 자세, 움츠린 어깨, 무표정한 얼굴 같은 비언어적인 요소들이 스피치에 크게 영향을 미치는 신체적 언어가 된다. 소통은 상호적인 것인데 보디랭귀지라고 하는 비언어적 요소들만 보고도 상대는 특정한 판단이나 추정을 할 수 있다.

어느 회사에 2명의 승진 후보자가 있었다. 한 명은 당당한 A양, 한 명은 주눅 든 B군이다. A양은 항상 당당하고 즐거운 이미지였다. 회사 내에서 스치는 사람들과 모두 인사를 나눌 만큼 밝고 명랑한 직원이었다. 택배 기사나 우유 배달 아주머니에게도 늘 큰소리로 인사를 했다. 시원시원한 목소리에 발걸음은 늘 당당했다.

반면 B군은 어깨를 움츠리고 걸으며 목소리도 작은 편이었다. 늘 혼자 묵묵히 일하는 조용한 성격이었다. 사실 업무적인 능력만을 본다면 두 사람 모두 경쟁을 할 만큼 비등했다. 하지만 능력이 전부가 아닌 A양은 비즈니스에서 주목받는 스피치로 회사 사람들의 이목을 집중시키고 있었다. 그녀의 당당한 이미지와 성격이 한몫을 한 셈이다. 경쟁사와의 경쟁 발표 때에도 긴장한 모습을 보인 적이 없었다. 자신이 준비한 내용이 부실해도 떨지 않았다. 스스로 잘못을 인정하고 그 부분은 보완해서 다시 준비하겠다며 패기 넘치는 모습을 보였다. 또박또박 분명한 말투, 청중을 아우르는 자연스러운 눈빛 등 그녀의 스피치에는 자신의 스피치를 더욱 주목받을 수 있도록 하는 요소들이 가득 차 있었다. 예상처럼 두 사람 중에 A양이 먼저 승진을 하게 되었다.

　A양은 내 친구의 이야기다. 사실 A양은 친구들과 있으면 회사에서와는 사뭇 다른 분위기의 친구였다. 먼저 나서서 이야기 하는걸 좋아하지도 않았고 오히려 조용하고 차분한 성격이었다. 사실 회사에서도 처음부터 그렇게 당당하고 누구에게나 친절한 스타일은 아니었다. 그러다가 어느 날 일대 변신을 시도하게 된다. 오랜 시간 만년 대리로만 있다가 철저히 깨달은 바가 있기 때문이라고 했다.

　처음에 A는 평소의 자기 모습대로 성실하게 일만 잘하면 된다고 생각했다. 그런데 일이 전부가 아니었다. 업무상 일은 배워서 익혀 나가면 되는 것이지만, 타고난 자신의 성격이나 비즈니스에 걸맞은 행동들이 따로 있다는 사실을 뒤늦게 깨달은 것이다. 자신이 만년 대리로 있을 때 '나는 열심히 일 하는데 왜 다른 사람에 비해 승진이 늦을까? 왜 자신의 업무 무능력이 과소평가되는 것일까?' 고민을 했다는 것이다. 이는 그동안 A가 눈에 보이는 외적인 업무 활동을 잊고 있었기 때문이다. 비즈니스는 혼자서 하는 업무가 전부가 아니다. 다른 사람에게 보여지는 이미지적인 활동도 중요하다.

　그녀는 발표를 해야 하는 자리에서 남들보다 앞서 말하기 싫어하고, 나서는 것도 싫어했다. 다 같이 회의를 했는데 발표하는 것쯤은 누구나 해도 상관없다고 생각했다. 그런데 나중에 돌이켜보니 눈에 띄게 활동을 해야만 자신의 업무 성과가 더 잘 드러난다는 것을 알게 되었다. 남들 앞에 나서서 먼저 인사도 나누고 발표도 하면서, 활발하게 활동을 해야만 자신의 존재감이 드러나는 것이었다. 그러다가 비즈니스 세계에 수많은 경쟁사가 있듯, 하루에도 수십 명의 직원들을 마주하게 되는 회사에서 나의 존재감을 알리기 위해서는 스피치만한 것이 없다는 판단을 하게 되었다고 한다.

A는 이후 나에게 찾아와 커피를 마시며 수다를 떠는 시간에 스피치에 대한 진지한 조언들을 부탁했다. 비즈니스 세계에서의 스피치에도 나름의 전략과 자신만의 방법이 있기 때문이다. 평소 그녀의 이미지와 성격을 잘 아는 친구로서 나는 회사에서 그녀 자신의 이미지가 어떤지 물었다. 친구들과 만날 때처럼 늘 조용하고 차분하게 앉아있는 것 아니냐고 말이다. 남들과 대화를 나눌 때도 고개를 숙이거나 움츠린 자세를 보이면 안 된다고 조언했다. 그녀는 웃으면서 마치 자기를 지켜보기라도 한 듯 다 알고 물어보는 것 같다며 회사에서도 똑같이 행동한다고 했다.

나는 A에게 제일 먼저 회사에서의 이미지를 바꾸어보라고 제안했다. 스피치를 잘하려면 일단 잘해야겠다는 마음가짐과 잘할 수 있다는 자신감을 장착해야 한다. 그러기 위해서는 늘 당당하고 자신감 넘치는 모습을 보이도록 하는 것이 첫 번째 준비사항이다. 옷차림에 따라 걸음걸이와 행동이 달라진다. 바지를 입을 때보다 치마를 입었을 때, 운동화를 신었을 때 보다 구두를 신었을 때 조심스럽고 걸음걸이가 달라지듯 말이다.

우선 몸을 긴장시키고 행동에 변화를 주기 위해 옷차림과 이미지에 신경을 써보라고 권했다. 언제라도 남 앞에서 발표를 할 수 있도록 준비를 갖추는 것이다. 그리고 당당한 모습으로 말하는 것을 상상하면서 이미지 메이킹을 하는 것이다.

주목받는 스피치는 말하는 사람이 자신감 있고 당당해보일 때 그 내용이 더 효과적으로 전달된다. 청중도 자신감 넘치는 모습에 더 집중하고 잘 들을 준비를 하는 것이다. 이미지를 준비했다면 순서대로 차근차근 연습을 해본다. 평소보다 회사 내에서 사람들에게 더 친근하게 다가가고 밝은 목소리로 인사부터 하는 것이다.

인사하는 것이 별것 아닌 것처럼 보여도 입을 한번 열기가 어렵다. 스피치를 두려워하는 사람은 모르는 사람이나 친분이 없는 사람에게 말을 거는 것 자체에 공포를 느낀다. 괜히 머쓱해지는 분위기를 못견뎌하거나 불편하게 생각하는 것이다. 인사를 했을 때 상대방이 거절하면 어쩌지 하는 걱정부터 하는 것이다.

그렇게 조금씩 별것 아닌 것 같은 연습에서부터 훈련이 시작된다. 마치 처음 신입사원으로 입사했을 때의 긴장감으로 그녀는 몇 달의 시간을 그렇게 보냈다. 스피치의 내공을 쌓기 위해 스스로 훈련을 한 셈이다. 그렇게 조금씩 내공을 쌓은 A는 고수들의 내공을 찾아 따라하는 연습을 했다. 회사 내에서 스피치를 잘하시는 분, 존재감이 도드라지고 누구나 알만한 훌륭한 업무 능력을 가진 선배들을 살펴보는 것이다.

그들이 회사 내에서 보이는 이미지, 회의시간이나 스피치를 할 때 어떻게 하는지를 자세히 관찰하는 것이다. 잘 듣고, 보고, 배우는 노력을 하면서 기술을 익히는 것이다.

이제 A는 누가 봐도 당당한 모습으로 회사에서 존재감 빛나는 과장이 되었다. 말이 통하는 사람이 비즈니스에서 가장 먼저 인정받고, 누구와도 통하는 사람이 될 수 있다는 걸 깨닫고 연습한 결과이다.

만약 A가 변하지 않고 일만 했다면 어땠을까? 물론 노력한 자에게 좋은 결과가 왔을 테지만 그 속도는 현저히 느렸을 것이다. 자신도 많이 지쳐서 만년 대리에서 회사를 그만두고 싶었을지 모른다. 다른 모습을 보며 깨닫고 배우고 노력해서 지금의 자신을 만들어 낸 것이다. 주목받고 싶은가? 주목받는 스피치를 준비하면 된다.

secret 03
스피치가 비즈니스의 성패를 좌우한다

　대부분의 비즈니스에는 스피치가 빠지지 않지만 그중에서도 가장 먼저 떠오르는 것은 판매 관련 업무가 아닐까 싶다. 말하기에 자신이 있고, 스피치에 탁월한 재능이 있어야만 세일즈를 할 수 있다고 생각하는 사람들이 많다. 하지만 꼭 그렇지는 않다. 내가 알고 있는 세일즈맨 한 분은 평소 말하는 습관이나 성격으로 봤을 때 판매 영업과는 전혀 어울리지 않는다고 생각했던 분이다.

　그 분은 늘 차분하고 혼자 있기를 좋아하는 성격인 줄 알았는데 알고 보니 세일즈 일을 하는 분이었고, 심지어 전국적으로 판매 실적이 높은 분이었다. 화장품 판매를 하는 분이었는데 매달 판매 실적이 꾸준히 우수했다.

　"어떻게 하면 그렇게 세일즈를 잘할 수 있나요?" 하고 물었더니 "특별한 노하우는 없어요. 그냥 고객의 말을 잘 들어주는 것밖에는" 이라는 다소 허무한 대답이 돌아왔다.

세일즈는 제품을 판매하는 것이 기본인데, 말을 잘하는 방법이 아니라 잘 들어야 한다는 얘기였다. 고객에게 이 제품은 어떻게 좋다, 어떤 점이 나쁘다고 말하지 않는다는 것이다. 내가 제품을 홍보하기 전에 고객은 이미 그 제품에 관한 정보를 가지고 접근하기 때문이라고 한다. 그러므로 어떻게 관심을 가지게 되었는지, 고객에게 제품이 어떤 도움이 되는지 정도의 설명만 간단히 하면 된다고 했다. 그보다 중요한 것이 고객이 하는 말을 잘 듣는 것이라고 했다. 자신이 해줄 얘기는 잘못된 사용법으로 피부 트러블이 생기지 않도록 주의 사항을 말하는 정도면 충분하다고 했다.

생각해보면 우리도 물건을 사러 가게에 들어갔을 때 "어서 오세요. 찾으시는 물건 있습니까?" 하는 정도의 인사 정도면 좋다. 나를 졸졸 따라다니는 매장 직원이 어색하고 불편하게 느껴지는 경우를 경험하게 된다. 혼자서 물건을 살펴보고 싶은 시간이 필요한데, 직원의 과잉 친절이나 너무 많은 대화는 손님을 불편하게 만들 수도 있다. 세일즈라고 해서 말을 많이 하고 제품을 끊임없이 소개해야만 잘 팔 수 있는 것은 아니라는 말이다. 스피치에서는 어느 경우든 경청과 공감이 빠져서는 안 된다.

내가 일하던 은행의 콜센터에서도 이와 비슷한 사례를 경험했다. 은행의 콜센터 업무에는 고객에게 먼저 전화를 걸어서 상품을 홍보하고 가입을 권유하는 아웃바운드 콜이 있고, 고객의 전화에 응대

하는 인바운드 콜이 있다. 언뜻 생각하기에는 아웃바운드 콜이 직접적으로 고객에게 전화를 걸어 홍보를 하는 것이라 제품 구매를 더 유도할 것 같지만 실상은 그렇지도 않다. 생각해보면 우리도 모르는 번호에서 걸려오는 전화를 잘 받지 않는다. 받는다고 해도 제품 홍보를 하는 것 같으면 바쁘다고 하면서 끊어버리는 경우가 더 많다. 전화를 계속 듣고 있다고 하더라고 낯선 사람의 전화를 받고 구매까지 이어지는 경우는 많지 않다. 오히려 고객이 회사로 전화를 걸어 상담을 하는 동안, 자연스럽게 다른 상품의 구매로까지 이어지는 경우가 더 많다.

직원 중에 고객의 말을 잘 들어주기로 정평이 난 분이 있었다. 간단한 상담으로 시작했지만 고객의 말을 들어보면서 상품을 권유하고 적극적인 상담을 하는 직원이었다. 반면 전화만 받으면 별것도 아닌 상담이 클레임으로 이어지는 분도 있었다. 그 두 직원의 차이는 고객의 말을 얼마나 귀 기울여서 경청하고 공감해주는가에 달려 있었다.

한 고객이 전화를 걸어와서 카드결제 대금이 아침 일찍 인출되는 것에 대해 불만을 토로했다. 다른 급한 건으로 통장에 돈을 넣어뒀는데, 오전 7시쯤의 이른 시간에 카드대금이 먼저 인출되는 바람에 다른 곳에 쓰려고 했던 돈이 없어져버렸다는 것이었다. 이런 전화를 받고 두 직원은 다른 식의 상담을 했다. 먼저 클레임이 되어버린 상황은 직원이 나 몰라라 하는 식의 반응을 한 경우였다.

"고객님이 사용한 카드대금이 정확히 카드대금 납부일에 인출되었기 때문에 아무런 문제가 없습니다. 다른 데 쓰려고 했던 돈이라면 자동이체 통장에 넣어두시지 말았어야죠."

틀린 말은 아니지만 고객이 그걸 몰라서 전화를 한 게 아닐 것이다. 이 말을 듣고 고객은 오히려 빠져나간 돈을 다시 통장으로 돌려달라며 억지를 부리기까지 했다. 하지만 고객의 말을 잘 듣고 적극적인 응대를 한 직원은 먼저 경청의 자세부터 보였다. 고객이 단숨에 자기의 불만을 말할 때까지 끼어들거나 말을 자르지 않고 차분하게 들었다. 그러다가 제일 처음 한 말이 "아, 그러세요? 많이 당황하셨겠습니다."였다. 그리고는 결제대금이 회사 영업시간보다 더 빠른 7시에 인출되는 것에 대한 불만은 회사 측에 보고해서 변경될 수 있는지 문의해보겠다고 답했다.

혹시 다음번에도 이런 일이 발생하지 않도록 이체 통장을 바꾸거나, 여유 있는 날짜로 이체 날짜를 변경하는 것도 방법이 될 수 있다는 말로 해결방안까지 제시했다. 마지막으로 자기도 똑같은 경험을 한 적이 있다는 말로 고객과 편안한 대화를 이어가고 있었다. 그 고객은 이체 통장을 다른 계좌로 변경하고 나서 전화를 끊었다. 같은 유형의 문제를 어떤 대화로 풀어나가느냐에 따라 클레임이 될 수도, 아닐 수도 있는 것이다.

클레임이 발생했던 직원에게 다른 직원의 상담 콜을 들려주었다. 본인은 상담을 하면서 한 번도 공감 멘트를 사용한 적이 없다는 것을 발견했다. 잘 경청해야 한다는 말을 잘 듣기만 하면 된다고 생각했고, "네, 그러세요? 네, 네."라고 응수해주면 충분하다고 여겼던 것이다. 그런데 나중에 자신이 상담했던 녹취 파일을 들어보니 자기가 보기에도 사무적이고 형식적인 대답으로 들린다고 했다.

감정이 섞이지 않은 대답은 경청이 아니라 응답일 뿐이다. 고객이 느끼는 경청은 진심을 다해 감정을 싣고 대답하는 음성에서부터 느껴지는 것이다. 이런 소소한 사례들은 쌓이고 쌓여서 고객 응대에 적절한 호응법을 만들어 내기도 하고, 나만의 멘트를 만들어 고객과의 상담을 더 적극적으로 이어가는 데 도움이 되기도 한다.

상황에 따라 대처하는 스피치가 어떤가에 따라 비즈니스 전체의 성패가 달라지는 것이다. 상대의 말을 잘 듣고, 상대가 나에게 바라는 것이 무엇인지를 파악하는 것이 우선이다. 서비스의 답은 반드시 현장에 있다는 말이 있다. 고객의 소리를 현장에서 듣지 못하면 고객이 진짜 바라는 니즈를 충족시킬 수 없는 것이다. 상황에 맞게 말을 잘해야 하는 이유도 여기에 있다. 고객의 상황이나 니즈에 따라 적절한 스크립트를 작성해 두는 것 또한 이 때문이다. 비즈니스의 시작은 내가 아니라 상대의 마음에서부터 비롯된다. 얼마나 잘 이해하고 공감할 수 있는가에 따라 내 스피치는 적극적이거나 혹은 일방적일 수 있다.

비스니스에 성공하고 싶은가? 그럼 나의 스피치부터 되돌아보아야 한다. 내가 하고 싶은 말말 하고 있지는 않은가? 고객의 소리를 잘 듣고 적절한 반응을 함께 하고 있는가? 내 고객을 위한 제대로 된 말하기를 하고 있는가? 그렇지 않다면 처음부터 다시 연습하자. 스피치가 비즈니스의 성패를 좌우한다.

secret 04
한순간도 허투루 말하지 말라

　명절 때만 되면 뉴스에서 심심치 않게 다루는 이야기가 있다. 친척들끼리 만나면 하지 말아야 할 말들을 설문조사 하는 것이다. 부부 사이에서 듣기 싫은 말, 초등학생이 듣기 싫어하는 말, 취업 준비생이 듣기 싫은 말 같은 것이다. 이런 설문조사는 왜 시작하게 된 것일까? 또 해마다 반복해서 언급하는 이유는 무엇일까? 사람들이 많이 모이는 즐거운 명절에 '말' 때문에 싸움이 일어나고, 뉴스에 다루어질 만큼 사건 사고들이 많이 발생하고 있기 때문일 것이다.

　사람들이 생각하는 것보다 '말'의 힘은 사실 대단하다. 같은 말을 하더라도 어떤 식으로 하는가에 따라 듣는 사람에게 다르게 전달된다. 그래서 말은 '아' 다르고 '어' 다르다고도 한다. 똑같은 말을 해도 다정하게 들리는 사람이 있는 반면, 왜 같은 말인데도 더 기분 나쁘게 들릴까 의아한 경우도 있다. 그건 바로 '말투'에서 시작된다. 말투뿐만 아니라 말하는 기본 태도, 상황에 맞지 않는 말, 반말, 거짓말

등이 이런 허투루 말하는 잘못된 말의 사용에 해당된다.

한 시사 교양 프로에서 재미있는 실험을 했다. 말에 관련된 내용이었다. 똑같은 가게에 다른 두 사람이 장을 보러 간다. 한 명은 다정하게 말하고, 한명은 주인이 기분 나쁠만한 말투로 말을 한다. 먼저 순대를 사러간 A는 가게 주인에게 이렇게 말한다.

"순대가 참 맛있어 보여요! 5천원어치 주세요."

그리고 B는 이렇게 말한다.

"순대 오늘 삶은 거 맞아요? 냄새가 좀 나는 것 같은데, 상한 거 아니죠? 5천원어치 주세요."

당신이 만약 그 가게 주인이라면 어땠을까? A와 B는 똑같이 5천원어치의 순대를 주문했지만 봉지에 담긴 순대의 양은 확연하게 차이를 보였다. 순대를 팔 때는 무게를 정확히 측정하는 것이 아니라 주인장 손 가는 대로 담는 것이 보통인데, 아마도 마음 가는대로 담아지기도 하는 모양이다. 말 한 마디로 천 냥 빚을 갚는다는 것이 괜한 이야기가 아니다. 내가 어떻게 말을 하는가에 따라 상대방의 기분이 달라질 수 있다. 이것이야말로 말의 힘이 아니겠는가?

허투루 말하는 사례 가운데에는 거짓말이나 과장을 빼놓을 수 없다. 예컨대 나는 자신의 경력을 속인다거나, 과장된 이력을 자랑하듯 과시하는 강사를 본 적이 있다. K는 같은 회사에서 함께 일하던 콜센터 직원이었다. 그녀가 콜센터 직원으로 있을 당시, 그녀의 말투에는 툭툭 내뱉는 직설적인 표현이 많았다. 고객과 상담을 하면서 클레임이 자주 발생했고, 나와 따로 1대 1 코칭을 한 적도 있어서 나는 그녀를 정확하게 기억하고 있었다.

그런데 그 K가 자신의 꿈을 찾아 그림을 그린다고 회사를 그만두더니 어느 날부턴가 CS 강사가 되어 강의를 하고 있었다. 처음에는 반가운 마음이었다. 그런데 강사 프로필을 보니 경력이 3년이나 되는 것으로 나와 있었다.

콜센터를 그만둔 게 그보다 1년쯤 전이고, 강사를 준비하는 학원에도 다녔다고 했다. 그런데도 강의 경력이 3년이라니, 도무지 앞뒤가 맞지 않았다. 모든 상황을 알고 있는 나로서는 굳이 이렇게까지 해야 하나 싶은 씁쓸한 생각이 들었다. 강의를 듣는 사람들이 강사의 경력을 중시하는 데에는 다 이유가 있다. 그런데 그 경력이 터무니없는 거짓이라면, 이는 소비자를 속이는 것이요 자기도 속이는 것이다.

잘못된 말하기와 관련하여 거짓말 못지않게 많이 언급되는 것이 욕설이다. 사람들에게 욕설을 쓰는 이유를 물었더니 25.7%는 습관적으로, 18.2%는 남이 하니까, 17%는 스트레스를 풀기 위해서, 17%는 스트레스를 풀기위해서, 8.2%는 남들이 만만하게 볼까봐, 4.6%는 누군가를 무시하거나 비웃기 위해 사용한다고 응답했다고 한다. 이러한 욕설은 다른 단어보다 4배 강하게 기억되며, 분노와 공포를 느끼게 하는 감정의 뇌를 강하게 자극하여 이성의 활동을 막는다고 한다. 뇌를 장악하는 감정의 뇌가 있는데 강한 욕설을 듣는 순간 통제력을 잃어버리고 상처받는 뇌가 되는 것이다.

욕설을 하는 순간 침이 만들어내는 '분노의 침전물'이라는 것을 실험으로 본 적이 있다. 침은 일상적인 말을 할 때는 무색이고, 사랑한다는 말을 할 때는 분홍색인데, 화를 내거나 욕설을 하면 갈색의 침전물이 생긴다고 했다. 갈색 침전물을 모아 쥐에게 투여했더니 그 쥐가 죽었다. 이는 내가 사용하는 욕설이 누군가를 공격하는 무기이기 이전에 자신의 뇌에 치명적인 상처를 입히는 행동임을 말해주는 것이다. 이보다 어리석은 말은 없다.

욕 외에 투덜거리는 말은 어떨까? 역시 불필요할뿐더러 상대와 자기 자신 모두에게 상처만 남기게 된다. 그런데 간혹 전문적인 강사들에게서도 이런 투덜거림을 듣게 될 때가 있다.

비바람이 불고 태풍이 몰아치는 어느 날, 강연을 하게 된 한 강사가 연단에 올라서자마자 빗물을 툭툭 털어내며 이렇게 첫인사를 시작했다.

"하필이면 오늘 이렇게 날씨가 안 좋아서, 오는 내내 진짜 집에 가고 싶었습니다. 그래도 어쩔 수 없이 약속이 되어있으니 이렇게 달려왔습니다. 오늘 1시간 동안 강의 열심히 들어주실 거죠?"

그 말을 듣고 앉아 있던 사람들은 과연 기분이 어땠을까? 저 사람이 힘들게 여기까지 왔으니 강연을 열심히 들어야지 하는 마음이 들었을까? 아니다. 오히려 "나도 힘들게 왔거든" 하고 기분이 나빴을 것이다. 스피치는 언제나 '나' 위주가 아니라 상대방을 위한 말로 시작하는 것이어야 한다. 내가 힘들게 온 것을 드러내는 것이 아니라, 역시 힘들게 와준 사람들에게 고마움을 표시하는 것이 우선이다. 대놓고 욕을 하는 사람은 없지만 이렇게 자신의 기분을 표현하거나 짜증을 내는 것, 부정적인 분위기를 만드는 것, 상대방을 비하하거나 자존심이 상할 수 있는 질문을 하는 것 등 스피치를 하면서 주의해야 할 사항은 생각보다 훨씬 많다.

이런 말들은 평상시의 습관에서 비롯되는 경우가 많다. 스피치를 위한 대본을 준비할 때 일부러 이런 말을 준비하는 사람은 없다. 상황에 따라 즉흥적인 말을 하거나 질문을 할 때 나도 모르는 사이 습관이 형성된 자연스러운 말들이 나오기 마련이다.

불만을 이야기 하거나 상대방과의 언쟁이 있을 때도 평소 습관이 드러난다. 예컨대 평소에는 안 그랬는데 언쟁이 시작되면 반말을 하는 경우를 자주 볼 수 있다. 제품이나 서비스에 불만을 가지고 매장이나 서비스 센터를 찾는 고객들 가운데에도 이런 경우가 많다.

"사장 나오라 그래!"

"내가 누군지 알아?"

이런 식의 멘트를 누구나 한 번쯤 들어봤을 것이다. 여기서 공통점은 모든 말이 '나' 위주이고 '반말'이라는 것이다. 그러면 상대방은 그 말의 내용보다는 "어라? 지금 나한테 반말을 하네?" 하는 반감이 생겨서 서로 기분이 상하게 되고, 정당한 클레임도 싸움이 되어버리는 경우가 발생한다.

말이라는 것이 이렇게 서로 상대적인 것이다. 허투루 하게 되는 말은 생각보다 많다. 상대방의 기분을 배려하지 않는 말, 거짓말이나 과장된 말, 욕설이나 반말은 제대로 된 말하기와는 거리가 멀다. 스스로의 자존감을 지키거나 존재감을 드러내기 위해, 그리고 상대를 배려하기 위해 반드시 우리 자신의 습관에서 없애야 할 것들이 이런 말들이다.

제대로 된 스피치를 하고자 하는 사람이라면, 평상시 자기가 하는 행동과 말을 한순간도 허투루 생각해서는 안 된다. 어떤 자리에서건 망언이 튀어나오지 않게 철두철미 준비하는 사람이 되어야 한다. 평소 나는 어떤 말을 자주 하는가? 사람들에게 어떤 말을 듣고 싶은가? 한순간도 허투루 말하지 말자. 진주를 품은 조개는 한순간도 허투루 입을 열지 않는다.

secret 05
설득하지 말고 선택하게 하라

여자들은 스트레스를 수다나 쇼핑으로 푸는 경우가 많다. 요즘은 쇼핑할 수 있는 곳이 오프라인이 아닌 온라인, 모바일 등등 수많은 매개체가 있어 쇼핑몰이 하루에도 수십 개씩 생겨나고 없어지는 추세다. 그중에 빠질 수 없는 매체가 바로 홈쇼핑이 아닌가 싶다. 아줌마들이 홈쇼핑을 먹여 살린다고 하지만 나도 그런 아줌마가 되어보니 왜 그런지 충분히 이해가 갔다. 육아와 집안일로 밖에 나가기 힘들고, 그렇다고 필요한 물건이 없는 건 아니고, TV만 켜면 해마다 필요한 아이템들이 시기적절하게 보인다. 어느 순간 텔레비전을 보면서 리모컨을 들고 한 손에는 핸드폰으로 전화를 걸고 있는 나를 발견한다. 그런데 잘 생각해보면 정말 필요해서 구입하는 물건보다 쇼 호스트의 말을 듣고 있다가 "맞아, 맞아!" 하면서 물건을 구입하게 된다.

그런데 "이 물건이 최고로 좋으니까 구입하세요.", 혹은 "가격이

저렴하니까 구입하세요." 하는 시대는 지났다. 왜냐하면 소비자들은 점점 현명하고 똑똑해지기 때문이다. 단순히 품질이 좋다거나 가격이 싸다고 해서 팔리지는 않은 시대인 것이다. 홈쇼핑 채널의 호스트들 역시 이런 사정을 잘 알기 때문에 요즘에는 상당히 전문적이고 구체적인 제품 소개를 하고 있다. 말하자면 홈쇼핑은 누군가에게는 새로운 정보의 창고이자 채널이기도 한 것이다.

제품을 잘 팔리게 만드는 마케팅 세일즈의 언어는 따로 있다는 내용의 책이 나와 읽어보게 되었다. 그 책에는 한 번에 고객을 끌리게 하는 촌철살인 같은 홍보 문구부터, 설득을 하는 광고의 기법, 제품을 포장하는 기술까지가 두루 적혀 있었다. 책을 읽으면서 역시 이런 노하우가 있었구나 싶어 무릎을 탁 쳤다.

마케팅을 위한 이런 모든 기술들 가운데 가장 핵심적인 것은 역시 '말'이었다. 그리고 이 '말'은 사전에 철저히 준비되는 것이어야 했다. 제품의 이름, 홍보 멘트, 솔깃한 정보 등 고객의 머릿속에 쏙쏙 기억될만한 제대로 된 문장을 만들어 내는 것이 마케팅이요, 그 근간이 말이라는 것이다.

설득하는 대신 소비자가 직접 선택하게 해주어야 한다는 대목도 인상 깊었다. 그런데 설득하지 않고 선택하게 하는 스피치란 과연 어떤 것일까? 우선 스스로 다음과 같은 질문들을 던져보자.

"듣는 사람으로 하여금 깜짝 놀라게 할 촌철살인 한방이 준비되어 있는가?"

"제품을 판매하는 내 말에 물건이 몇 개라도 팔릴 수 있겠는가?"

"비즈니스에서 누군가를 설득해야 할 때, 내 말을 잘 들어줄 것인가?"

이런 물음들에 자신이 없다면 나는 아직 듣는 사람에게 제대로 선택할 수 있게 하는 기술을 가지고 있지 않은 것이다. 내가 하는 말을 듣고 상대방이 "그럴 수도 있겠네." 하고 고개를 끄덕이는 정도의 공감으로도 절반은 성공이다. 내가 하는 말로 인해 상대방이 스스로 깨닫게 하고, 공감하는 것이 설득 아닌 선택을 위한 첫걸음이 된다.

스피치의 기술에는 여러 가지가 있다. 스피치의 주제에 따라 설득이 될 수도 있고 조언이나 정보 전달이 될 수도 있다. 내가 말하고자 하는 대상이 누구냐에 따라 어떤 방식으로 진행되어야 하는지를 살펴야 한다. 한 가지 중요한 것은 내 말이 무조건 맞으니 당신은 내 말을 듣고 따르기만 하면 된다는 식의 스피치는 누구도 설득하지 못한다는 것이다. 그들이 나의 말을 듣고 공감하고 변화되는 모습을 보일 수 있어야 제대로 된 스피치를 했다고 할 수 있다.

누군가를 변화시키기 위한 스피치의 사례로 회사 내에서의 스피치도 생각해볼 수 있다. 구성원들의 태도 및 행동 변화를 이끌어내기 위해 모든 리더들은 끝없이 고민하고 다양한 준비를 하는 것이 보통이다. 나 역시 오랜 시간 리더십 강의를 통해 구성원들의 행동을 변화시키는 것에 대해 고민한 적이 있다. 조직 내에서 리더는 구성원들이자신의 말을 잘 듣고 변화된 행동을 해주기를 기대한다. 그러나 실질적인 행동 변화를 일으키기까지 리더와 조직원들은 수많은 시행착오를 겪게 되는 것이 일반적이다.

이때 리더들의 스피치, 즉 말에 따라 조직 내 직원들에게 어떻게 영향을 미치는지 생각해 볼 수 있다. 또 리더와의 소통을 통해서 조직의 문제를 어떻게 해결할 수 있는가도 결정된다. 그런데 모든 비즈니스에서 협상과 성과 관리는 사람이 하는 것이므로 사람의 감정을 제외하고는 생각할 수 없다. 그래서 리더들에게 설득하는 사람이 아니라 직원 스스로가 따르는 리더가 되라고 말하기도 한다. 하지만 그게 어디 쉬운 일인가? 리더가 하는 말이 설득하기와 잔소리, 목표를 달성하기 위한 조직적 업무지시로만 들리지 않는다면 다행일 것이다. 좋은 관계를 유지하고 팀원들 간의 피드백이 잘 이루어지는 말을 통해 리더는 잘 조언하는 조언자가 되어야 한다. 심리학자 해리 오버스트리트(Harry A. Overstreet)는 이렇게 말했다.

"영향력을 발휘할 수 있는 모든 힘의 핵심은, 상대방이 참여하도록 하는 데 있다."

이 말과 관련하여 내게도 기억에 남는 리더가 한 사람 있다. 그는 비즈니스에 있어 말하기의 중요성을 절감하게 한 인물이었다. 우리가 속한 팀에서 주된 결정권을 가진 팀장이었음에도 그는 늘 튀지 않게, 그러나 힘 있게 말을 하는 스타일이었다. 회의 중에는 쓸데없는 이야기로 답 없는 회의가 되지 않도록 늘 기준을 잘 잡았다. 그리고 자신이 주최하는 회의에서 늘 마지막에 정리도 잘 해주었다.

"지금까지 내용은 이러저러하다는 말씀이죠?"

"이렇게 이해하면 되겠습니까?"

자신이 확인하고자 되묻는 질문인 동시에, 주변 사람들도 다 같이 이해할 수 있도록 하는 질문을 했다. 그냥 "다들 무슨 말인지 아시죠?"라거나 "지금까지 내용 중에 이해 안 되는 부분 있습니까?"와 같은 질문이 아니었다. 자신이 되물으면서 회의에 참석한 다른 사람들이 모두 이해했는지 배려하는 느낌이 들도록 회의를 정리했다.

이런 팀장과의 회의는 늘 질문과 요지가 심플했고, 모두들 명확하게 이해하는 회의로 끝이 났다. 리더가 어떤 말을 통해 팀원들을 잘 이끌어가는 지를 제대로 보여준 리더였다. 이 분처럼 유독 따르는 사람이 많은 리더를 잘 살펴보자. 혼자서만 말을 잘하기보다 상호간의 피드백을 잘하는 사람이 많다. 또 효과적인 피드백을 잘하는 리더는 질문을 잘하는 사람인 경우가 많다. 당신 주변에도 이런 리더가 있을 것이다. 우선 그가 누구인지 찾아보고 배울 점들을 기억해두자.

스피치를 할 때 사람들이 자주 하는 실수 중 하나는 말을 잘하긴 하지만 질문을 잘 못하는 경우이다. 청중과 호흡하기 위해 질문을 하면 좋다는 건 알고 있다. 하지만 그 질문을 하는 이유를 모르고 무작정 질문만 하게 되니 낭패를 본다. 스피치 하는 사람이 듣는 사람을 향해 질문을 하는 이유를 생각해보자. 이야기의 흐름을 자연스럽게 이어나가기 위해서 듣는 사람의 공감이 필요한 경우이다. '나는 이렇게 생각하는데 당신은 어떻습니까?' 하고 묻는 경우다. 혹은 '이런 부분에 대해서 어떻게 생각하십니까?' 하고 의견을 묻는 경우도 있다. 모두 내 말하기에 듣는 사람을 참여시키고 확신을 받기 위함이다. 그것이야말로 제대로 된 스피치에서의 청중과의 호흡이 된다. 질문을 제대로 하지 못하는 것은 그 질문에 목적성이 없고, 이후에 적절한 피드백이 안 되기 때문이다.

비즈니스를 잘하고 싶은가? 당당하고 통하는 스피치를 통해 조직원들이 제대로 된 결정을 하도록 유도하고 싶은가? 그렇다면 내가 하는 말이 누군가의 마음을 움직이고, 행동을 변화시킬 수 있는지부터 살펴보아야 한다. 억지로 끌어당기면 서로가 힘만 든다. 자연스럽게 끌려올 수 있는 자석 같은 당김의 힘이 필요하다. 설득이 아닌 선택하게 하는 당김의 힘을 가져야 한다.

secret 06
신뢰감을 주는 목소리의 비밀

콜센터에서 보이스 트레이닝 강사로 있을 당시 수백 명의 목소리를 이어폰으로 듣고 또 들었다. 하루에도 수십 명의 상담을 분석하고, 개인적인 코칭을 진행하고, 각자의 목소리가 가진 특성으로 고객과의 상담이 매끄럽게 진행될 수 있도록 돕는 역할을 했다.

"안녕하십니까?"라는 인사 멘트만 들어도 어느 부서의 누구 음성인지 알아차릴 수 있는 정도까지 되었다. 사람마다 비슷한 음성은 있지만 똑같은 음성은 한 명도 없다. 그들의 목소리를 들으면서 한 가지 확실히 깨달은 것도 있다. 독자들로서는 다소 놀라운 사실일 텐데, 고객과의 상담에서 클레임을 유발시키는 목소리나 말하기는 이미 정해져 있다는 것이다.

가령 5분짜리 통화 중에서 앞의 1~2분 정도만 들어봐도 그 상담이 클레임이 될지, 평범한 상담으로 끝날지 판가름된다. 얼굴을 마주하지 않고 전화기로 이루어지는 대화에서 보이지 않는 표정은 아무 소용이 없고, 말하는 사람의 한 마디 한 마디가 그 사람의 얼굴이나 마찬가지다. 표정이 일그러진 사람이 웃는 사람의 목소리를 이길 수 없다. 웃으면서 인사하는 목소리와 얼굴을 찌푸린 상태로 인사하는 목소리는 음성만 듣고도 신기하게 구별이 가능하다. 상담원의 개인 감정 또한 음성에 모두 나타난다. 몸이 아프거나 기분 나쁜 일이 있을 때 평소 음성과 다른 목소리가 나타나게 된다.

예컨대 친한 친구와 전화 통화를 한다고 해보자. 상대는 "여보세요" 하는 한 마디만 듣고도 우리에게 이렇게 묻는다.

"오늘 무슨 일 있어? 목소리가 안 좋네."

"기분 좋은 일 있지?"

내가 억지로 숨기려 하지 않는 이상 목소리는 얼굴의 표정과 같은 모습을 지니는 것이다.

사실 타고난 사람도 있다. 별 노력 없이도 그냥 목소리가 좋은 사람이다. 말하자면 다이어트를 하지 않아도 평생 살이 쪄본 적이 없다는 사람이 있는 것과 같이 목소리를 타고난 사람들이다. 하지만 실망할 필요 없다. 대부분은 노력과 연습의 결과로 목소리와 이미지를 아름답게 만들 수 있다.

콜센터에서 일할 때 만난 직원들 중에 유독 발음이 부정확한 직원과 쉰 목소리가 고민인 직원이 있었다. 전자의 친구는 늘 적극이고 친절한 상담으로 열심히 노력하지만 발음이 부정확했다. 고객들이 여러 번 되묻게 되고 상담시간이 다른 직원에 비해 유난히 길어졌다. 후자의 친구는 원래 좀 걸걸하고 쉰 목소리인데, 오랜 상담으로 인해 탁한 목소리가 심해진 경우였다. 조금만 말을 해도 쉽게 피로해지고, 감기 걸린 목소리처럼 상대방이 듣기에 불편해 하는 경우도 있었다. 이 두 직원 모두 어떤 목소리가 좋은 목소리일지,. 본인은 어떤 목소리가 되고 싶은지를 묻는 질문에 똑같이 '신뢰감을 주는 목소리'라고 답했다.

그렇다면 신뢰감을 주는 목소리란 어떤 목소리일까? 아나운서들의 또박또박한 발음과 전달력이 좋은 공명감 있는 목소리를 우선 떠올리게 될 것이다. 그러나 음색이 좋다는 것이 꼭 아나운서의 음성만은 아니다. 상대방이 듣기에 기분 좋은 목소리가 가장 매력적인 목소리다.

목소리가 좋다는 유명 배우들을 떠올려보자. 그들이 연기하는 특정 인물에 적절한 역할, 직업에 잘 어울리는 경우가 많다. 대부분 배우들이 연기하는 장면 속 인물과 잘 어울리는 목소리고, 상황에 적절한 분위기가 느껴지면 시청자들은 그들의 목소리를 매력적이라고 느끼게 된다.

앞서 소개한 콜센터의 두 직원은 각각 다른 연습을 했다. 먼저 발음이 부정확한 직원은 무조건 발음부터 정확하게 하자는 데 목표를 두었다. '가갸거겨' 입을 크게 벌리는 연습부터 했다. 발음이 부정확한 사람들의 특징 중 하나는 입을 크게 벌리지 않는 데 있다. 입을 웅얼거리듯이 오물오물 작게 말하는 것이다. 본인이 발음이 부정확하다는 사실을 알면 주눅 들고 자신감이 없어 일부러 더 작게 말하는 경향이 있는데 이런 이유도 부정확한 발음을 하는 데 큰 몫을 차지한다. 입을 크게 벌려도 잘못된 혀의 쓰임이나 입 모양으로 정확한 발음이 안 되는 것이다. 전체적인 발음이 아닌 특정 자음이나 모음의 발음이 안 되는 경우도 있다.

내가 어떤 경우에 해당하는지를 살펴서 그 부분을 집중 연습할 필요가 있다. 입을 크게 벌리는 연습을 했다면 정확하게 '말'하는 연습을 시작한다. 문장을 적어놓고 소리 내어 읽는 것이다. 정확한 발음을 듣고 어떻게 하는지를 파악한 다음 내가 하는 말을 녹음해서 들어보는 것이 좋은 방법이 된다.

녹음된 목소리는 처음에는 듣기 어색할 수 있다. 반복적으로 듣다 보면 나만의 습관이나 잘못된 발음이 명확히 들리게 된다. 나는 분명이 '으'라고 했는데 들어보면 '어'라고 들리는 경우도 있다. 경상도 사투리 중에서 가장 힘들었던 부분이 이런 부분이었는데 가령 '음악'을 '엄악'으로 발음하는 경우이다.

처음부터 잘못된 말하기를 하는 경우도 발견하게 된다. 그럴 때는 한국어 발음 표준사전이라는 것을 참고하여 각 단어의 발음과 장단음을 찾아보게 한 다음 어려운 단어들을 집중 연습하도록 코칭했다. 발음 연습이라고 해서 무작정 소리 내어 읽는 것이 전부는 아니다.

외국어 공부를 할 때처럼 단어만 외우는 것이 아니라 소리 내어 읽어보되, 장단음을 찾아가며 발음 연습을 하는 것과 같은 방식이 필요하다. 장단음을 얼마나 잘 지키느냐에 따라 정확한 발음을 구사할 수 있느냐 그렇지 않으냐가 결정된다.

두 번째 직원의 경우처럼 음성 자체가 허스키하거나 갈라지는 음성이라면 발성 연습을 꾸준히 하는 것이 좋다. 발성은 복식호흡을 통해 목소리에 울림과 힘을 키우는 것이라고 생각하면 쉽다. 운동을 게을리 하는 사람들이 숨쉬기 운동은 한다는 농담을 하지만 사실 그 숨쉬기 운동 자체도 잘못된 방식으로 하고 있는 경우가 태반이다.

가슴으로 하는 흉식호흡 대신 복식호흡만으로도 적절한 운동 효과를 볼 수 있다. 복식호흡의 기본은 천천히 코로 숨을 들이마실 때 내 배가 풍선처럼 빵빵하게 부풀어 오르게 하는 것이다. 이때 주의할 점은 어깨나 가슴이 움직이지 않도록 하는 것이다. 배에 손을 올리고 배가 부풀어 오르는 것을 느끼면서 최대한 숨을 들이마시는 연습을 해본다. 별것 아닌 것 같지만 대부분 코로 숨을 들이마실 때 배가 쏙 들어가고, 코로 숨을 내쉴 때 배가 빵빵해지는 잘못된 방식으로 호흡을 하는 경우가 많다.

처음이 어색하지 몇 번 연습하다 보면 들숨 날숨이 익숙해진다. 나중에는 누워서, 일어서서, 앉아서 등 다양한 자세로 있을 때도 자유자재로 복식호흡이 가능해질 것이다. 정확한 복식호흡으로 배에 힘이 길러지고 제대로 된 발성을 한다면 넓은 공간에서 말해도 목소리 울림이 느껴질 것이다. 마치 마이크를 잡고 말할 때처럼 작지만 강한 울림이 들리게 된다. 이것이 신뢰감 있는 목소리를 위한 울림, 바로 공명음이다.

발음과 발성, 복식호흡의 3박자를 고루 갖추는 연습을 했다면 이제 그 공명음을 잘 전달하는 방법을 연습하고 또 연습한다. 예전처럼 "네 고객님, 안녕하십니까?" 하는, 흔히들 말하는 좋은 목소리란 '솔' 톤의 목소리를 말하는 것이 아니다. 나만이 가진 음색에서 맑고 신뢰감 있는 목소리를 찾아 가는 것이다. 목소리는 내가 가진 감정표현을 비 대면으로 가장 잘 나타낼 수 있는 수단이다. 콜센터 직원뿐만 아니라 스피치 하는 모든 사람들에게 코칭할 때 목소리에 관한 부분은 빼놓지 않는 이유다. 사람들이 나의 목소리만 듣고도 내가 하는 말에 집중할 수 있게 하는 최고의 수단이 목소리다.

강의 의뢰를 받을 때 나는 목소리 덕을 크게 본 적이 있다. 지인의 친구가 레스토랑을 오픈했는데 직원들을 대상으로 친절 교육을 받고 싶다고 했다. 주변에 스피치나 CS 강의를 하는 강사가 없다며 부탁을 해왔다. 레스토랑 사장과 상담을 위해 전화 통화를 하게 되었다. 강의에 대한 몇 가지 요청사항과 직원들에 대한 정보를 묻는 짧은 통화였다. 그런데 사장은 내 목소리만 듣고도 목소리가 듣기 편안하고 신뢰가 간다며 빨리 만나보고 싶다는 말을 했다. 그리고 본인 가게 이외에 주변 지인들까지 소개해주며 여러 차례 강의 의뢰를 해주었다.

CS 강의뿐만 아니라 전화 응대 강의를 여러 차례 맡아서 하게 되었다. 전화 한 통으로 강의 의뢰를 계약하게 된 셈이다. 목소리가 비즈니스의 성공 여부에 기여한다는 말을 실감했다. 좋은 목소리가 나를 알리고 사업을 성장시키는 데 한몫 단단히 한 셈이다.

자기 목소리에 귀를 기울이고 들어보자. 내가 쏘아올린 목소리는 얼마만큼 멀리 날아갈 수 있는 공이 될 수 있는지 상상하고 입을 벌려보자.

secret 07
10초 안에 자신의 존재감을 각인시켜라

개인적으로 '존재감'이라는 말을 참 좋아한다. 뭔가 묵직한 힘을 가진 말 같다. 부담스러울 수 있지만 빛나는 자리에 멋진 의미로 이미지화되기 때문이다. '미친 존재감'이라는 말도 있지 않는가? 드라마나 영화에서 몇 초의 짧은 등장만으로도 강렬한 인상을 남기는 배우들을 말할 때 주로 이런 표현을 쓴다. 주인공은 아니지만 제2의 주연이라고 불리면서 우수한 연기력으로 사람들에게 오래도록 기억에 남는 사람들이다.

학창시절 나는 특별한 존재감이 없는 평범한 학생이었다. 공부를 썩 잘하는 학생도 아니었지만, 그렇다고 말썽을 피우는 학생도 아니었다. 이런 내가 초등학교 4학년 때 담임선생님을 만나면서 완전히 다른 사람으로 살게 되었다. 담임은 국어 선생님이었다. 평소 국어 과목을 좋아하긴 했지만 그 담임선생님을 만나고 글쓰기에 관심을 가지기 시작했다. 그렇게 작은 칭찬에서부터 나의 글쓰기가 시작되었다. 평범한 일기를 써도 잘했다고 말해주시는 분이었다. 무작정 칭찬하는 것이 아니라 어떤 부분이 어떻게 좋았다는 구체적인 칭찬이었다.

관심 있는 분야나 흥미를 가질만한 내용의 책을 추천해 주시기도 하고, 몇 권의 책을 선물해주면서 읽어보기를 권하기도 하셨다. 그러면서 점점 글쓰기를 욕심내고 작은 대회부터 전국대회까지 글쓰기 대회에 나가게 되었다. 선생님에게 칭찬받고 잘 보이고 싶은 마음에서 시작한 글쓰기가 초등학교부터 고등학교, 대학교까지 줄곧 이어졌다.

글쓰기 대회에서 상을 받으면서 학교에서 나는 조금씩 '존재감'이라는 것을 가지게 되었다. 교내방송에서 내 이름을 부르고 교무실로 오라는 호출이 오면 친구들은 당연히 이번에도 글쓰기 대회에서 상을 받는구나 하고 부러워했다. 평범한 학교생활에서 나만의 관심사가 생기기 시작하고, 존재감을 만들어가기 시작하면서 나의 삶도 조금씩 달라졌다.

세상을 보는 시각과 하고 싶어 하는 일, 장래 희망들이 변하기 시작했다. 숙제로 쓰던 일기를 대학교까지 꾸준히 쓰게 되고, 반찬은 편식해도 책은 편식하지 않고 읽게 되었다. 대단한 명예를 얻은 것은 아니지만, 무미건조했던 학창시절, 조금이나마 내 존재가 돋보이던 모습을 지금도 가끔 회상하곤 한다.

이러한 존재감은 사실 학교가 아니라 사회, 비즈니스에서 더 빛을 발하게 된다. 회사에서 당신 이름 앞에 붙는 닉네임이 있는가? 가령 '발표하면 김 대리, 회식자리에서 노래 잘하는 오 과장' 이런 식으로 말이다. 무엇이라도 나를 떠올렸을 때 다른 사람들이 이미지화 시킬 수 있는 나만의 존재감을 발휘할 수 있는지 생각해보자.

스피치에서의 존재감은 10초 안에 드러나게 된다. 마이크 앞에서 입을 여는 순간부터 청중들의 귀는 이미 당신의 존재감을 인지하게 될 것이다. 서 있는 모습에서부터, 인사를 하는 짧은 찰나의 순간, 당신은 그들에게 어떤 존재로든 각인되는 것이다.

대학교에 다니며 광고회사에서 인턴으로 일하던 시절, 그 회사의 사장님이 회식자리에서 나에게 이런 말을 했다

"무색무취라는 말 알아요? 자기만의 색깔을 찾아보는 것도 좋을 것 같군요."

처음에는 그 뜻을 이해하기 어려웠다. '무슨 말이지?' 하면서 듣고 흘리려고 했지만, 그 당시 개성 넘치고 아이디어가 필수였던 광고기획사에서 색깔이 없다는 말은 직원으로 채용할 생각이 없다는 뜻이었다.

역시나 인턴 3개월을 끝으로 그 광고회사와의 인연은 끝이 났다. 생각해보면 의지와 노력으로 인턴에 지원했지만, 생각만큼 적성에 맞지 않고 밤샘 아이디어 회의를 하는 12시간 이상의 강행군이 나

를 숨 막히게 했었다. 그래서 열정과 힘을 다해 노력하지 않았던 것 같다. 당연히 회사에서 내 존재감은 제로에 불과했다.

존재감은 이처럼 소속된 학교뿐만 아니라 직장에서도 발휘된다. 직장 내에서 스피치를 할 때는 더더욱 중요하다. 경쟁을 하게 되는 같은 인턴 사원들이 자신을 돋보이게 하는 건 단연 아이디어 발표나 회의시간이다. 그럴 때마다 자리에서 묵묵히 다른 인턴들의 이야기를 듣고만 있었던 내 모습이 떠오른다.

나서서 적극적인 말하기를 시도해보지도 않았고, 현장감 넘치는 스피치를 한 적도 없었다. 그러니 내가 생각하는 아이디어란 어떤 것인지 제대로 말할 기회가 없었다. 내 존재감을 드러내는 일의 중요성을 인식하지 못한 것이다. 10초가 아니라 3개월이라는 시간이 있었음에도 말이다. 자신의 존재감이 곧 자신의 이미지이며, 비즈니스의 성패를 가른다. 그것은 짧고 강렬할수록 오래 기억에 남기도 한다.

어떤 상황, 어떤 스피치에서든 존재감이라는 것은 존재한다. 혼자 무대 위에 올라서서 말을 한다고 상상해보자. 모든 사람들의 시선이 나를 향해있고, 나는 청중을 향해 입을 연다. 그런데 말하는 사람이 전혀 자신감 없는 모습으로 웅얼거리듯 말하기 시작한다면 몇 시간이고 몇 분이고 그 시간은 존재감 없는 모습으로 공중에 흩어지고 만다.

말하는 내 모습을 상상하면서 나의 존재감을 각인시키기 위해 어떤 노력을 해야 할지 생각해본 적이 있는가? 몇 주간의 스피치 교육을 하고 나면 스피치를 통해 자신의 존재감을 찾았다는 말을 많이 한다. 말하는 것에만 그치는 것이 아니라 어떤 말을 어떻게 전달할 것인지에 대해 심도 깊게 고민하다 보니 자신이 조금씩 변해가는 것이다.

표정이 다양해지고, 눈빛도 달라진다. 말을 하는 속도나 호흡이 차분해지기도 한다. 듣는 사람의 상황을 고려하게 되는 여유도 생긴다. 그러니 내가 말하지 않아도 주위 사람들이 변한 모습을 먼저 발견한다. 진정성 있는 눈빛으로 말을 하게 되면서 업무나 인간관계에서도 큰 성과를 보이게 되는 것이다.

스피치는 말하는 목적이 무엇이든 간에 나의 존재감을 빛나게 할 수 있는 기회가 된다. 10초라고 했지만 그 시간은 더 짧을 수도 있다. 그 짧은 순간이 내가 비즈니스에서 가장 빛날 수 있는 찰나의 순간이 될 수도 있다. 어떤 상황에서도 나의 존재감과 이미지를 극대화시킬 수 있는 반짝이는 무기를 들고 스피치를 해보자.

대학생 취업박람회에서 만난 민정이가 생각난다. 자기소개를 해보라는 말이 끝나기가 무섭게 목청껏 노래를 불렀다. 뛰어나게 잘 부른 게 아니라 한 음절 한 음절 열심히 불렀다. 노래를 잘해서 부른 것이 아니라 노래를 못하는 콤플렉스가 싫어 일부러 노래 연습을 많이 한다고 했다. 그러면서 무슨 일이든 최선을 다해 노력하는 장점을 가졌다며 자신을 소개했던 기억이 난다. 수많은 사람들 중 열심히 노래 부른 민정이가 기억에 오래 남는 이유는, 그녀의 빛나는 존재감 때문이 아닐까?

어떤 비즈니스를 하든지 스피치 없이는 존재감이 빛나기 어렵다. 나를 빛나게 하는 존재감을 위해 오늘도 찰나의 10초를 연구해보자. 상대방이 나의 반짝임을 10초간 느낄 수 있다면 그 비즈니스는 반드시 성공할 것이라고 확신한다.

제3장

발표 불안
벗어나기
10계명

secret 01
연습만이 살길이다

어떤 일이라도 연습에는 왕도가 없다. 연습을 아무리 해도 '아, 이만큼이면 됐어.' 하는 정도는 없다. 본인 스스로가 할 수 있는 만큼, 하고 싶어 하는 만큼이라 정해진 양이 없는 것이다. "스피치를 잘하려면 어떻게 하면 되나요?"라고 질문을 받으면 정해진 답처럼 대답을 했다.

"연습을 많이 하세요."

그런데 말하는 당시에는 못 느꼈지만 한참 뒤에야 스스로 알게 되었다. 이런 대답은 연습을 어떻게, 얼마나, 어떤 식으로 많이 하라는 것인지 충분히 반문을 가질만한 대답이었다. 그래서 이후에는 기준을 두고 연습해보라고 조언하기 시작했다. 내가 그렇게 시작했기 때문에 도움이 되지 않을까 하는 생각에서였다.

책을 읽는 방식에는 다독이 있고 정독이 있다. 많이 읽는 것만이 좋은 것은 아니다. 책 한 권을 읽더라도 읽고자 하는 목적은 다양하다. 좋아하는 것, 깨달음이나 배움이 있는 것, 가치를 부여할만한 것이 있을 수 있다. 스피치를 연습하는 것도 마찬가지다.

말 그대로 '말'을 하기 위한 '말' 연습일 수 있고, 발음이나 발성 연습이 될 수도 있다. 상대방의 눈을 쳐다보기 힘든 사람의 경우 떨림을 넘어서기 위해 스피치 훈련을 할 수도 있다. 말하는 동안 제스처나 움직임 자체가 불안정하여 스피치에 방해되는 요소들을 없애고 싶은 연습이 될 수도 있다. 즉 목적이 분명한 연습이 되어야 효과가 있다는 것이다.

연습을 하기에 앞서 기준을 정하는 것이 우선이다. 어떤 것을 기준으로 할지는 본인이 정한다. 어떤 목적을 위한 연습을 어떻게 할지도 본인이 정한다. 그것이 바로 나만의 연습 기준이 된다. 그냥 무조건 열심히 연습하는 것은 로드맵 없이 길을 걷는 것과 마찬가지다. 내가 기준을 두고 연습을 한 것은 총 3가지 정도였는데, 가장 처음 연습한 것은 '시간 관리'를 위한 연습이었다.

말을 할 때 시간을 맞추는 것이 생각만큼 쉽지 않았다. 말을 하는 것이 두려운 게 아니라 시간을 맞출 수 있을까 하는 생각이 더 걱정이던 시절이 있다. 처음에 나에게 주어진 스피치 시간이 1시간이었다면 갑자기 30분, 혹은 2시간으로 고무줄처럼 늘어났다 줄어들었다 하는 것이 제법 스트레스로 다가왔다.

다른 사람들의 강의를 들을 때에도 기억에 남도록 안 좋았던 것이 바로 시간 관리의 허술함이라 느꼈던 적이 있다. 30분 강의 시간 동안 말하고자 하는 내용의 절반도 다 못하고 어영부영 끝내버리는 경우를 본 적이 있다. 준비한 파워포인트 슬라이드를 후다닥 넘기면서 시계를 보며 쩔쩔매는 모습도 안쓰럽게 보였다. 반대로 2시간 동안 했던 말을 반복하고 또 반복하는 경우도 있었다. 할 말 다 했는데 시간이 남아서 어쩔 줄 몰라 하는 강사를 본 적도 있다. 남 앞에서 말하는 것 자체를 못하는 게 아니라 시간 관리를 제대로 하지 못한 경우였다. 그래서 나의 스피치 연습 첫 번째 목표는, 스피치를 할 때 시간 관리를 제대로 못하는 실수를 절대로 하지 말자는 것이었다.

이를 위해 우선 나의 평소 말하는 속도를 몸으로 체감해 보기로 했다. 예를 들어 면접을 볼 때도 짧게 1분간 자기소개를 하는 경우도 있고 5분간 자기소개를 할 수도 있다. 핸드폰의 타이머 기능을 켜고 1분 동안 내가 몇 마디의 말을 하는지 체크해 보았다. 그리고 1분 자기소개서, 3분 자기소개서. 5분 자기소개서 등을 만들어서 읽고 녹음하고를 반복했다. 말하는 내용에 따라 말의 속도가 달라지기도 하고 몸으로 체감하는 시간과 실제 녹음된 시간의 차이가 나타남을 확인했다. 무엇이든 소리 내서 읽고 말하면서 나의 억양과 발음. 속도를 함께 체크하는 것이다. 그렇게 스스로 고쳐야 할 점을 찾고 연습해볼 것을 추천한다.

말을 하다보면 청중들의 반응이나 분위기에 따라 10분 동안 말을 했는데 30분 정도는 시간이 지났겠지 하고 느끼는 경우도 있었다. 감정에 휘둘리지 않고 객관적인 시간을 알아차리는 것 또한 연습이 필요했다. 부담스럽지 않은 스피치부터 본격적인 실전 연습에 돌입한다. 손목시계를 착용하고, 말하는 장소에도 눈에 잘 띄는 곳에 벽걸이 시계가 있는지 사전에 확인을 했다. 탁자가 있다면 노트북의 시계도 힐끗 봐가면서 요령껏 시간 관리를 위한 스피치를 연습했다.

처음에는 강의 도중에 손목시계를 보는 것도 어려웠다. 마치 길을 걸어가면서 음료수를 마시지 못하는 것 같은 느낌이었다. 걸어가는 속도에 발이 어긋나지 않으면서 자연스럽게 음료수를 마시기가 생각처럼 쉬운 일이 아니었다. 제대로 된 스피치 내용을 전달하면서 원하는 시간에 마무리를 할 수 있는 것은 수많은 연습을 통해서 가능했던 것이다.

두 번째는 '말실수'를 하지 않는 연습이다. 스피치에 있어서 적은 말실수가 전체를 망가뜨리는 일은 비일비재하다. 이때의 말실수란 특정한 단어의 잘못된 사용일 수도 있고, 잘못된 수치를 말하는 경우일 수도 있다. 정보 전달이 잘못되면 의도치 않게 거짓말을 하는 사람이 되어 버린다. 혹은 제대로 준비하지 않은 말하기가 되어버린다. 백화점에 최대 50% 할인이라는 문구를 보고 들어갔는데 사실 할인되는 품목은 몇 개 없을 때가 있다. '일부 품목에 한함'이라는 안내가 아주 작은 글씨로 적혀있을 때, 틀린 말은 아니지만 속은 기분이 드는 것은 어쩔 수 없다. 말하기에서도 마찬가지다. 의도치 않은 혼란이나 혼동을 주어서는 안 되며, 특히 수치나 특정 정보를 전달할 때 각별히 주의해야 한다.

실제로 내가 어떤 설문조사의 결과를 도표로 만들어 강의에서 사용한 적이 있는데 전체 수치가 100%를 넘었던 적이 있다. 잡지에 있는 내용을 그대로 인용해서 사용한 것인데 전체 수치가 잘못된 것을 확인하지 못한 실수였다. 강의 도중에 한 분이 갑자기 지적을 하면서 전체가 100%를 넘는데 잘못된 설문조사 아니냐고 질문을 했다. 잡지에 그렇게 나와 있었다고 변명을 하자니 내 꼴이 더 우스워질 터였다. 그렇게 화끈거리는 순간을 경험하고 난 뒤로 스피치에 있어서 자료를 인용하는 경우 더 신중하게 확인하고 또 확인하는 습관이 생겼다.

마지막 연습은 '즉흥 질문 잘하기' 연습이었다. 스피치에서는 내 이야기를 들어주는 청중과의 교감이 무엇보다 중요하다. 혼자 말하는 경우도 있지만 청중과 질문이나 대화를 주고받아야 하는 경우가 있는데, 처음엔 청중을 상대로 질문을 하기가 퍽이나 부담스러웠다. 어떤 질문이 좋은 질문인지 고민이 되었다. 물론 그때도 나는 질문을 잘해야 제대로 된 답을 얻을 수 있다는 사실은 잘 알고 있었다.

아이를 양육할 때에도 부모가 아이에게 질문을 잘해야 아이가 대답을 잘할 수 있다. 가령 "오늘 학교에서 뭐했어?"라는 질문을 받으면 아이들은 머릿속이 혼란스러워진다고 한다. '매일 똑같은데 왜 매일 똑같은 질문을 하는 걸까?' 하고 생각한다는 것이다.

선택할 수 있는 질문이나 대답하기 쉬운 질문을 하는 것이 좋은 대답을 이끌어 내는 방법이다. "뭐 먹을래?"라는 질문보다 "밥 먹을까, 빵 먹을까?"라는 질문이 정확하고 빠른 대답을 얻어낼 수 있는 것처럼 말이다. 스피치의 주제와 연관된 제대로 된 질문은 반드시 사전에 연습이 필요했다. 주제를 한 번 더 부각시켜주면서, 청중들의 입으로 반복할 수 있는 질문들을 생각해 주어야 했다. 반론이 있을 수 있는 경우, 반론에 관련된 질문들도 생각했다. 다양한 스피치를 통해 사례집처럼 나만의 질문노트를 만드는 연습을 했다.

처음에는 질문하기 자체가 힘들었지만, 연습 후 실제 적용에서 가장 도움이 많이 된 훈련이기도 했다. 첫 번째 질문이 적절하지 못하다고 생각되면 노트에 있는 다음 질문을 다시 시도해보는 등의 방법으로 나만의 질문기술을 익혀 나갔다. 연습은 오래도록 계속 되었다. 연습은 할 때마다 다른 기준과 목적을 정해두고 다시 시작했다. 하나의 목적을 달성하고 이에 익숙해지면 또 다른 기준을 정하고 연습을 시작하는 식이었다.

정리된 말과 정리되지 않은 말은 입을 여는 그 순간부터 큰 차이를 만든다. 물건 판매를 위한 세일즈는 직원들에게 기본 매뉴얼을 만들고 숙지시키는 데에서 시작된다. 물건의 장단점, 사용방법, 주의해야 할 점 등 표준화된 매뉴얼을 통해 고객들이 물건에 대한 정보를 습득하고 구입하는 데 시행착오를 줄여주는 것이다. 말하기 연습도 이와 다를 것이 없다.

스피치를 잘하기 위한 방법을 묻는다면 이제는 다르게 말하고 싶다. 정해진 자신만의 기준 속에서 자신만의 매뉴얼을 만들어 보라고 말이다. 그리고 매뉴얼을 항상 업데이트하기 위해 최선을 다해 연습해보라고 말이다. 자신이 만들어온 노력은 결코 흔들리지 않는 스피치 내공이 된다.

secret 02
원고는 직접 써라

내가 스피치를 하기에 앞서 반드시 지키는 원칙 같은 것이 있다면 바로 직접 원고를 쓴다는 것이다. 원고를 쓰는 건 달리기에 앞서 신발 끈을 제대로 묶는 것과 마찬가지다. 직접 쓴 원고가 없이는 목표 지점까지 제대로 완주할 수 없다. 뛰는 도중에 신발이 벗겨질 수도 있고, 내 발에 내가 걸려 넘어질 수도 있다.

물론 다른 사람이 대신 원고를 써주는 경우도 있을 수 있는데, 이 경우 내가 말할 내용을 남이 대신 생각하고 정리해주는 것이어서 위험하다고 하지 않을 수 없다. 전반적인 내용이야 그렇다 치더라도, 나의 말투나 평소의 언어 습관들을 타인이 대신해서 써줄 수 있는 건 아니기 때문이다. 또한 내가 직접 쓰지 않으면 말을 끝까지 이어나갈 때 두서없는 말들이 될 수 있다. 원고 내용이 중간에 기억나지 않을 때 어디서부터 잘못되었는지 갈피를 잡지 못해 주제 없이 산으로 가는 스피치가 될 수 있다.

TV에서 어느 유명한 강사의 강의를 들은 적이 있다. 워낙 강의가 재미있기로 유명한 분이었고, 나 역시 그 분의 강의를 들으면서 몇 번이고 울고 웃었던 기억이 있다. 그런데 어느 날 그 분의 강의 스타일을 그대로 베껴서 강의를 하는 강사를 한 사람 만나게 되었다. 그는 내가 들었던 TV 속 그 유명 강사가 했던 이야기의 일부를 마치 자신의 이야기처럼 하고 있었다. '어라, 이건 자기 이야기가 아닌데 왜 자기 이야기처럼 말을 하는 걸까? 자기도 들은 이야기지만 재미있어서 옮긴다고 말해도 될 텐데, 왜 마치 자신이 직접 경험했던 이야기처럼 말을 하는 거지?' 하고 속으로 의아하게 생각했다. 남의 시험지를 베껴 자신의 답안지로 제출하는 것과 다를 것이 없다고 생각했다. 그런데 그런 생각을 한 것은 나뿐만이 아니었다. 강의가 끝난 후 질문이 있느냐고 했는데 어떤 남자분이 손을 번쩍 들고는 이렇게 말하는 것이었다.

"강의 중에 했던 아버지 이야기가 TV에서 본 모 유명 강사의 이야기랑 비슷한데요, 혹시 강사님이 경험한 이야기가 맞습니까?"

질문을 받은 강사는 아차 하는 표정과 함께 사과를 했다.

"네, 맞습니다. 제가 그 분이 했던 이야기라고 말하지 않았던가요? 죄송합니다."

나는 용기가 없어 차마 알면서도 손을 들고 말을 하지 못했는데, 이렇게 지적하고 질문하는 분이 계셔서 부끄럽기도 하고 감사했다. 과연 그 강사는 어떤 생각으로 그랬던 것인지, 정말 실수였는지, 계획된 의도였는지 본인만 알고 있을 것이다. 하지만 분명한 건 본인이 직접 쓴 본인의 이야기로 청중과 소통을 하려고 하지 않았다는 것이다.

다른 사람의 말을 인용하거나 예로 들 수 있지만, 출처를 밝히지 않으면 도용이다. 스피치는 '말'이다. 기본적으로 말은 한번 뱉으면 주워담을 수 없고, 그렇기 때문에 더더욱 말 한마디의 힘은 무섭고도 강하다. 그런데 자기가 들었던 말 중에 기억에 남는 말을 마치 자기 이야기처럼 한다거나, 원고 없이 무작정 하면 되겠지 하는 생각으로 말을 한다면 마이크 없이 맨몸으로 무대에 오르는 격이다.

나도 겁이 없어 이런 시행착오를 겪은 적이 있다. 그때까지 나름 다양한 주제로 강의를 해왔고, 그만큼 많은 원고를 썼다고 자부했다. 그러던 어느 날 전에 했던 것과 똑같은 주제로 강의를 하게 되었다. 시간도 부족하고 해서 미리 써둔 원고를 대충 보완하는 정도로만 준비를 했다. 상황에 맞는 적절한 애드리브 정도만 있으면 되겠지 하는 생각에 처음부터 끝까지 완벽한 원고를 준비하지 않았다. 그런데 강의가 시작되고 절반쯤 시간이 지났을까, 갑자기 그 다음 순서의 내용이 생각나지 않으면서 속으로 당황하게 되었다. 원고를 미리 써보면서 큰 그림을 그리지 않고 예전에 같은 주제로 강의를 했었으니까 이번에도 그냥 하면 되겠지 하는 안일한 생각으로 강의를 시작한 탓이었다.

그 날은 또 강의 도중에 파워포인트를 사용하지 않고 대화와 질문으로만 한 시간 가량을 채워나가기로 되어 있었다. 이런 경우 중간에 대화의 흐름이 끊어지면 강의 내용 전체가 흔들리는 위험에 처하게 된다. 청중과의 대화가 잘되는 경우도 있고. 질문을 했지만 다른 방향으로 대답이 나오는 경우도 있다. 상황별로 적절한 맞춤 대안을 마련해야 하는데, 원고를 제대로 써보지 않은 것이 큰 실수였다. 다행히 강의 도중에 청중의 적절한 질문이 이어졌고, 나는 비교적 자연스럽게 강의를 마칠 수 있었다. 하지만 내 스스로가 자책하면서 불만을 가지게 된 강의로 기억에 남았다.

그 뒤로 나는 강의 노트를 더 보완하기 시작했다. 기존에는 노트 한 권에 강의 주제와 전달할 주요 내용, 준비할 사항들을 기록하는 것에 불과했다. 그런데 그날 이후 강의시간에 따라 전체 큰 그림을 마인드맵처럼 그려두고, 전체 원고도 작성해서 넣어두었다. 강의를 하기 전에 시간 배분과 함께 원고를 수정하면서 탄탄하게 만드는 것이다.

미리 연습하고 직접 써본 전체 원고는 말을 할 때 자신감과 내용 전달에 힘을 실어준다. 말을 하다가 생각이 안 나더라도 당황하지 않고 써보았던 원고 내용을 떠올려보게 된다. 상황에 따라 원고를 보는 경우도 있겠지만, 연설문 같은 경우가 아니고서야 원고를 손에 들고 하는 경우는 드물다.

직접 원고를 쓴 다는 것이 처음에는 쉽지 않다. 스피치에도 연습이 필요하듯 원고 쓰기도 나만의 다지기 기술이 필요하다. 원고는 사실 쓰다가 귀찮아지기도 하고, 어디서부터 어떻게 써야할지 막막한 작업이다. 그럴 때는 원고를 나누어 써보는 연습을 추천한다.

내가 사용하는 원고 쓰기의 방법은 그림을 그려보는 것이다. 오프닝 멘트, 주제에 관한 중심원고, 마지막 끝인사 정도로 머리, 가슴, 배로 나뉘는 곤충의 큰 그림을 떠올려 본다. 빈 종이 위에 동그라미 3개를 그려놓고 서론, 본론, 결론이라고 적어둔다. 그리고 동그라미 속에 내가 하고자 하는 말을 간단하게 적어본다.

내가 알아볼 수 있게 분류를 한다는 생각으로 내용을 적는다. 그리고 팔과 다리를 그려 넣듯이 가지치기를 하면서 세부적인 항목들을 적는다. 그렇게 전체적인 그림이 완성되면 말로 하듯이 자연스럽게 이어지는 멘트를 작성한다. 이것이 내가 하는 마인드맵 원고 쓰기의 방식이다.

그림을 그리다 보면 3개의 동그라미 속에 적절하게 배치되었는지 내용을 살피게 된다. 오프닝에 내용이 불필요하게 많다거나, 주제에 관련된 내용이 허술하다거나 하는 식의 분량 배치가 우선 눈에 보인다. 서론이 너무 길면 결론이 힘을 잃게 된다. 결론이 너무 길면 앞에 했던 말을 반복하는 것처럼 들린다. 이렇듯 전체원고를 써보는 연습은 말하고자 하는 핵심내용을 제대로 전달하기 위해서 꼭 필요한 작업이다.

각자 스피치를 위한 나만의 원고 쓰기 방법을 찾아보자. 나처럼 그림을 그리면서 적어볼 수도 있고, 전체를 글로만 적을 수도 있다. 혹은 원고 쓰기를 말로 녹음을 하면서 연습해볼 수도 있다. 말하고 들어보면서 원고를 꾸준히 수정해 나가는 것도 방법이다. 각자가 자신 있고 잘 써지는 방식을 찾아 원고 쓰기를 해 보는 것이 첫 번째 시작이다.

　　원고 쓰기가 다 끝났다면 그 원고를 피드백해 줄 누군가를 찾아보는 것도 도움이 된다. 원고가 내 마음에 든다고 하더라도 듣는 사람에 따라 만족도가 다르게 나타날 수 있다. 실제 학원을 운영하는 원장 한 분이 본인이 쓴 원고를 피드백해주기를 내게 요청하셨던 적이 있다. 학생과 학부모들을 대상으로 하는 간담회를 앞두고 있는데 원고 쓰기가 제법 어려웠다고 하셨다. 시간에 맞춘 분량은 적절한지, 청중들이 이해하기 쉬운 내용인지, 전달하려는 주제가 분명한지 등 원고를 읽기에 앞서 중요한 점들을 코칭했다. 그런데 그 분이 써놓은 원고는 분명 한글인데 한글 같지 않았다. 읽어지는데 이해되지 않는 느낌이었다. 어려운 논문을 읽듯이 난해하고 전문적인 내용들로 가득 차 있었던 것이다.

　　객관적인 입장보다는 주관적인 자신의 생각이 더 많이 들어가 있었다. 말은 쉬워야 한다. 하는 사람도 듣는 사람도 이해하기 쉬운 말이 공감되고 관심도도 높아진다. 어렵고 유창한 말이 말 잘한다는 기준이 되지 않는다는 것을 원고 쓰기 코칭을 통해 다시 한 번 언급해드렸다. 만약 이 분이 원고 쓰기를 해보지 않고 무작정 주어진 시간에 마이크를 잡고 말을 했다면 어땠을까? 상상만 해도 이미 답은 나와 있다. 어렵고 공감 안 되는 이야기들로 1시간을 채웠을 것이다. 듣는 이의 관심은 외면한 채 본인의 스피치에 혼자만 뿌듯해 했을지 모른다.

잊지 말아야 할 것은 말하기에 앞서 원고 쓰기는 필수이며, 어떤 방법이 되었건 내가 직접 전체 원고를 써야 한다는 것이다. 남이 나를 대신할 수 없다. 남이 쓴 원고는 절대 내가 쓴 원고에 비할 수 없다. 원고 쓰기 훈련은 청중을 정복하는 일침 기술의 시작이다.

secret 03
3초 안에 기억에 남는 오프닝 하기

첫인상은 3초 안에 형성된다. 미국의 뇌 과학자 폴 왈렌은, 우리의 뇌가 새로운 사람을 만나면 0.1초 안에 호감도와 신뢰도를 형성한다고 말한다. 첫인상을 판단할 때 뇌는 외모, 목소리, 어휘 순으로 중요도를 판단한다. 뇌가 3초 만에 형성한 첫인상에는 물론 오류가 있을 수 있지만, 사람들은 이를 쉽게 바꾸지 못한다. 처음 입력된 정보의 200배에 달하는 정보가 있어야만 이미 형성된 첫인상이 바뀌기 때문이다. 그렇다면 우리는 말하기에 앞서 3초 안에 최선의 초두효과를 거두어야만 한다. 그래야만 말하기에 앞서 기억에 남는 이미지와 집중력을 한꺼번에 잡을 수 있다.

오프닝은 말하기의 시작인만큼 전체 분위기를 어떻게 유지할 것인가를 판가름하게 된다. 청중은 오프닝을 듣고 어떤 말들이 나올 것인지 내용을 짐작하고 관심을 가진다. 관심을 유발하는 이야기로 오프닝을 시작해도 좋고, 질문이나 간결한 에피소드도 좋다. 그중에 제일 우선은 인사를 제대로 준비하는 것이다.

어떤 상황에서도 스피치를 하기에 앞서 인사는 빠질 수 없다. "안녕하세요?" 하는 인사 한마디 후에 바로 본론으로 들어가는 경우는 없다. 간단히 자기소개를 하거나, 말하게 될 내용을 소개하고 스피치가 시작된다. 스피치에 앞서 인사하는 자세가 불량하거나 적극적이지 못하면 오프닝은 실패라고 할 수 있다. 요즘은 오프닝에서도 스토리텔링의 기법으로 인사를 많이 한다. 학력이나 업적 위주로 나열하면서 자기를 소개하는 방식이 아니다. 어떤 이유로 나왔는지, 어떤 이야기를 할 것인지에 대한 소개로 자연스럽게 시작하는 것이다. 실패하지 않는 100%의 성공 확률을 가진 오프닝은 사적인 이야기라는 말도 있다. 하지만 이 또한 전달하고자 하는 메시지의 주제와 일관성 있는 이야기여야 한다는 점을 잊지 말자.

유명한 강사의 강연을 들으러 갔었는데, 그 강의는 오프닝이 절반이어서 지금도 기억에 생생하다. 워낙 유명하신 분이라 자기소개를 할 때 하고 싶은 말이 많았던 모양이다. 이름과 나이, 경력, 수상 내역 등 화려한 자신의 과거를 이야기 하면서 소개가 이어졌다. 그렇게 자기소개로만 20분가량을 소비했다. 강연을 듣기 위한 60분의 시간 가운데 3분의 1 이상을 자기소개로 채워버린 것이다.

사람들이 처음에는 집중하며 듣는 듯 했지만, 강연을 들으러 왔는데 왜 저렇게 자기소개를 오래 하고 있는 걸까 하는 생각이 들지 않을 수 없었다. 대체 언제쯤 오프닝이 끝나는 걸까, 수근 거리는 사람도 많았다. 이미 오프닝을 제대로 하지 못해서 스피치의 전체 균형이 깨져버린 것이다. 오프닝은 단순히 시작할 때의 인사가 아니라 전체 말하기의 방향을 좌우하는 것인데 다른 길로 행로를 바꿔버린 셈이다.

다른 경우는 오프닝의 자세가 불량한 경우다. 탁자를 집고 서 있다거나, 다리를 꼬아 턱을 괴고 있는 모습도 볼 수 있다. 고개를 까딱 하는 정도로 불성실하게 인사를 하는 경우도 있다. 부끄러워 안절부절 하면서 작은 목소리로 우물쭈물 인사하며 오프닝을 시작하는 경우도 봤다. 이렇듯 말하기에 앞서 3초의 짧은 인사만 보고서도 스피치의 내용과 질을 판가름하게 된다. 오프닝은 짧은 시간 안에 청중에게 관심과 믿음을 주어야 한다. 단정한 모습으로 신뢰감 있는 모습, 친근한 이미지로 다가가야 한다.

내가 첫 강의를 하러 가던 날, 오프닝 인사 멘트만 수십 번 수백 번 연습했던 기억이 난다. 말을 시작하기에 앞서 첫 인사 멘트가 중요하다고 판단했기 때문이다. 인사라고 하는 것이 인사말뿐만 아니라 사소한 행동하나까지도 생각보다 쉽지 않았다. 고개를 얼마만큼 숙여야 할까? 머리를 숙였다가 몇 초의 시간이 지나고 고개를 들어야 할까? 손은 허리 옆으로 주먹을 쥐고 있을까? 두 손을 모으고 공수의 자세로 인사를 해볼까? 여러 가지를 시도해서 연습해 보았다.

내가 편안하고 안정된 모습을 보여야 청중도 불편하지 않게 오프닝을 맞을 수 있다. 인사를 할 때 긴장을 하면 무게중심이 제대로 잡히지 않아서 고개를 들면서 휘청거리는 모습을 보일 수도 있다. 한복을 입고 절을 할 때보다 일어설 때 자세가 더 힘든 것과 같은 느낌이라고 생각하면 이해하기 쉽다. 다양한 방법을 활용해보면서 나에게 맞는 인사법과 인사말을 가다듬고 연습해야 한다.

새롭고 신선한 오프닝이 없을까 고민하고 있을 때 매체에서 특이한 이력을 가진 분이 소개되는 것을 보았다. 하루도 빠짐없이 부모님께 안부전화를 드리는 남자의 이야기였다. 부모님께 전화를 하는 것이 뭐가 특이한 이력이냐고 하겠지만 사실 쉬운 일이 아니다. 나는 1주일에 몇 번쯤 부모님께 전화를 드리고 있는지 생각해 보면 된다.

남자는 시골에 계신 부모님과 떨어져 혼자 서울에서 지내고 있었는데, 문득 타향살이가 외롭고 서글퍼졌다고 했다. 그래서 젊은 나도 이런데 부모님은 어떨까 생각하면서 매일 전화를 드리기로 마음을 먹었다는 것이다. 처음에는 날씨 이야기, 식사는 하셨는지 간단한 안부로 시작했다. 하지만 매일 전화하면서 매번 똑같은 이야기만 할 수 없다고 느껴서 신문을 읽어보기로 했다.

신문에서 부모님이 좋아할만한 관심사나 그날의 이슈를 찾아두고 전화를 걸기 시작한 것이다. 부모님은 새로운 소식에 흥미를 보이거나 신기해하기도 하고, 질문이 이어지기도 하면서 부모님과의 전화는 시간이 지날수록 자연스럽고 통화 시간도 길어졌다. 이 남자의 이야기를 보면서 생각하게 되었다. 어쩌면 나도 매번 정해진 오프닝 내용만 생각했던 것 같았다. 다양한 이슈들을 찾아보는 노력을 미처 하지 않았구나 싶은 반성도 하게 되었다.

이후 오프닝의 시간 배분을 어떻게 해야 할지, 어떤 내용으로 인사를 해야 좋을지 더 많이 고민했다. 스피치를 어떤 주제로 어떤 사람들에게 하는가에 따라 오프닝이 달라져야 하기 때문이다. 먼저 가벼운 주제로 오프닝을 준비해 본다. 청중의 반응을 고려해서 어떤 주제로 오프닝을 했을 때 관심을 유도할 수 있을지도 고민한다. 자주 듣는 라디오를 켜서 오프닝멘트를 듣고 적어보는 연습을 하기로 했다.

라디오는 시간별, 상황별 다양한 이슈들을 다룬다. 우연히 채널을 돌리다가 재미있는 오프닝을 듣고 고정 주파수로 열혈 청취자가 된 프로그램도 있다. 프로그램의 시간대에 따라 오프닝 주제가 다르기도 하다. 경제, 유머, 오락, 시사, 연예 등 다양한 분야의 이슈들을 소개하기도 하고, 날씨나 음악으로 편안한 분위기를 유도하는 방식도 있다. 만약 내가 라디오 작가라면 이 프로그램에서 어떤 식으로 오프닝을 적어볼까 생각하면서 나만의 라디오 오프닝을 만들어보는 연습도 했다.

당신이 스피치를 할 때 이슈를 가지고 오프닝 하는 것이 부담스럽다면 질문으로 시작해도 좋다. 내 이야기를 이어나가는 것에만 치중하지 말고 청중에게 질문을 하면서 오프닝을 시작하는 것이다. 단, 주제와 관련 있는 질문을 한다.

질문은 전체에게 할 수도 있고, 몇몇 인원을 지목해서 해도 된다. 스피치 주제가 '행복'이라면 청중 전체에게 "여러분은 행복이 뭐라고 생각하십니까?"라고 생각해볼 수 있도록 질문해도 좋다. 혹은 한두 명을 지목해서 "지금 행복하십니까?", "어떨 때 행복하다고 느끼십니까?" 등의 질문을 해도 좋다. 질문 받은 대상자가 머릿속에서 상상할 수 있게 해주고, 앞으로 내가 할 말의 내용을 암시할 수 있게 해주면 상대는 집중하게 된다. 단 질문이 너무 많으면 혼란스러워할 수 있으므로 주의한다. 또한 질문을 했다고 해서 반드시 대답이 나올 것이라 생각해서도 안 된다. 대답하기 싫어할 수도 있고 모르겠다고 대답해 버릴 수도 있으니 그런 경우에 대비하여 적절한 대응법을 마련해두는 것이 필수다.

오프닝을 질문으로 시작하는 것조차 부담스럽다면 음악이나 영상의 도움을 받을 수도 있다. 스피치 시작 전에 분위기 전환을 위해 음악을 틀어놓는다. 자연스럽게 음악 이야기로 오프닝을 한다거나, 짧은 동영상을 보여주기도 한다. 영상에 대한 부가적 설명을 이야기하며 본격 오프닝을 하는 방식이다.

어떠한 방법이건 다양하게 시도해보고 자기만의 자신 있는 오프닝 방법을 찾는 것이 중요하다. 마지막으로, 내가 스피치를 통해 말하고자 하는 주제가 오프닝과도 반드시 연관성이 있어야 함을 명심하자. 음식을 먹기 전에 나오는 애피타이저와 같은 것이 오프닝이다. 서로 어울리지 않는 음식은 오히려 메인 요리를 먹어보기도 전에 기대감을 떨어뜨리는 것과 같다.

오프닝은 내 첫 이미지이며 간판이다. 내 간판이 남들에 비해 구독력이 떨어지거나, 오래 되었다면 낡은 것을 새로 바꿔야 한다. 눈에 잘 띄고 관심 가는 간판으로 새로 만들어야 한다. 스피치에 앞서 자신만의 이름을 건 멋진 간판을 세워보길 바란다.

secret 04
클로징 한마디로 가슴에 남게 하라

주말마다 영화를 소개하는 프로그램을 챙겨봤다. 책도 좋지만 시각과 청각을 모두 만족시키는 영화는 더할 나위없는 나의 취미생활 중 일부였다. 영화를 보기 전에 줄거리나 에피소드, 영화의 숨겨진 이야기들을 소개하는 프로그램은 좋아하는 영화에서 더 재미난 요소들을 챙겨 볼수 있게 만들어주는 가이드 같은 것이었다.

한 가지 아쉬운 점이 있다면, 어떤 경우 예고편 정도로 그치지 않고 영화 전체를 거의 다 보여주는 때가 있다는 것이다. 마치 영화 한 편을 이미 다 본 것처럼 말이다. 줄거리뿐만 아니라 반전되는 요소들, 마지막 장면까지 예상 가능할 정도로 소개하는 경우이다. 영화를 볼 때 친구가 미리 본 영화 줄거리를 다 말해주는 것만큼 김빠지는 일은 없다. 그 이후로 일부러 영화 소개하는 프로그램을 찾아보지 않게 되었다. 범인을 알고 보는 스릴러는 긴장감이 없어져 김빠진 콜라 같았다.

스피치를 할 때도 그렇다. 말하는 주제를 오프닝에서 다 말해버려도 안되고, 클로징 없이 어영부영 끝내서도 안 된다. 클로징 한마디가 제대로 없다면 영화 속 주인공이 열심히 달리다가 마지막 10분을 남겨놓고 스크린 밖으로 홀연히 사라지는 기분일 것이다. 영화에 비유했지만 음악도 그렇고 이야기도 그렇다.

결론이 명확하지 않다면 무슨 말을 하고 싶었던 건지 내용 없는 속빈강정이 되어버린다. 마무리가 없어 앞서 이야기한 주제의 힘을 잃어버리게 된다. 클라이맥스가 있으면 마무리가 있어야 한다. 말하고자 하는 주제가 있으면 마지막에 그래서 어떻게 하겠다는 다짐이나, 어떻게 했으면 좋겠다는 부탁이나 조언, 자신의 생각을 말하는 정도로 마무리를 해야 한다.

스피치를 잘하는 사람은 마지막 마무리까지 어떻게 이야기를 잘 끌고 가고 대중들에게 여운을 남기고 싶은지를 미리 생각해 둔다. 스토리 중심으로 이야기 주제를 정했다면 청중이 공감할 수 있는 마지막 결론을 잘 해야 사람의 행동을 바꾸는 말의 힘이 제대로 발휘되는 것이다.

내가 들었던 강의 중에 기억에 남은 클로징이 있다. 마지막에 이르러 갑자기 "이상입니다. 감사합니다."라고 인사했던 경우다. 2시간의 강의를 쉼 없이 달려왔고, 청중들의 호응도 좋았던 강의였다. 그래서 더욱 마지막 클로징이 기대되고 긴장감이 고조되었는데, 갑자기 누가 말 못하게 입을 막은 것도 아닐 텐데 "이상입니다. 감사합니다."라는 말로 인사를 하고 끝내버렸다.

나뿐만 아니라 강의를 들었던 많은 사람들이 일제히 시계를 쳐다보는 진풍경이 기억에 남는다. 말을 하다 보니 시간을 많이 지체해서 이렇게 이상하게 말을 끝내 버리는 걸까 하고 다들 같은 생각을 했을 터였다. 그런데 시간 배분도 충분했다. 처음 준비할 때부터 잘 달리기만 연습하고 마지막 결승선에서의 클로징 멘트를 전혀 생각하지 않았던 스피치 같았다. 만약 처음부터 지루하고 재미없었다면 관심도 없었을지 모른다. 청중들의 호응을 잘 끌어내고 주제도 잘 부각시킨 멋진 스피치였는데, 마지막에 클로징이 허무해서 실망이 두 배가 되었던, 그래서 기억에 남는 강의였다.

이처럼 클로징 멘트는 전체 스피치에서 차지하는 비중이 매우 높다. 정보가 한꺼번에 제시되면 맨 처음에 접한 정보보다 마지막에 접한 정보를 더 잘 기억하게 되는 법이다. 2시간 동안의 강의 내용보다 마지막 허무한 인사말이 오래도록 기억에 남는 것만 봐도 알 수 있다. 심리학에서는 이런 것을 '최신효과' 또는 '신근성효과'라고 한다. 이것은 주로 나중에 제시된 정보가 인상 형성에 더 큰 영향을 미친다는 이론이다. 성공적인 프리젠터들은 주로 클로징에서 청중의 감성을 자극하는 말이나 영상을 통해 감정에 호소하는 경우가 많다. 이것이 바로 '최신효과'를 염두에 둔 경우라고 할 수 있다.

스피치를 잘하기 위해서, 특히 클로징을 잘 마무리하기 위해서는 처음부터 전략을 세울 필요가 있다. 말하는 목적을 분명히 하는 전략 말이다. 듣는 사람을 설득하기 위함인가, 아니면 지식이나 정보를 제공하기 위한 목적인가 하는 것이다. 또는 감동이나 마음에 변화를 주는 정서적인 내용도 포함이 된다. 스피치가 끝나고 나면 이러한 목적 달성이 어느 정도 이루어졌는지를 살펴볼 필요가 있다. 그러기 위해서는 스피치 내용에만 중점을 두지 말고 마지막 클로징 멘트까지 힘을 적절하게 분배해야 한다.

가장 중요한 것은 스피치 전체의 내용을 압축하면서도 청중의 감성을 움직일 수 있는 강력한 클로징 멘트를 준비해두는 것이다. 말의 내용이 하나도 기억에 나지 않지만 마지막에 했던 한마디가 마음을 울린다는 정도로 끝내도 좋다.

"지금까지 했던 제 이야기 다 잊으셔도 됩니다. 이것 한 가지만 기억해주십시오"

"제가 마지막까지 재차 강조하고 싶은 것은 이것입니다."

이렇게 스스로 클로징 멘트를 강조하는 경우도 있다. 한 가지만 기억에 남도록 하거나, 스피치 하면서 중간에 강조했던 말들을 반복적으로 사용하는 방법이다. 일명 '캐치프레이즈 방법'도 있다. 광고나 선전에서 주의를 끌기 위한 문구나 구호를 뜻하기도 한다.

내가 전하고자 하는 메시지를 반복적으로 말하는 중간 중간 반복해서 사용하는 것이다. "여러분" 하고 부르며 다시 한 번 청중을 집중시킨다. 그리고 하고자 하는 말의 반복 문구를 넣는 식이다. "한 번 더 말씀드리고 싶습니다." 이렇게 대놓고 강조하여 말하기를 통해 설득력 있는 메시지를 전하는 경우도 있다. 또는 청중들 스스로 상상력을 일으켜 생각하게 하는 방법도 있다. 인용을 잘 활용하면서 스피치를 깔끔하게 마무리 하는 방법도 있다.

스피치 주제에 알맞은 인용 문구를 결론에서 말해 보는 것도 좋다. 마지막에 말한 한마디의 인용구를 스피치의 주제 메시지로 기억에 남게 하는 것이다. 주의해야 할 점은 클로징 멘트는 짧고 강력하며 쉬워야 한다는 것이다. 그것이 전체 청중과의 관계성이 높거나, 청중과 말하는 이를 깊이 연결할 수 있을수록 더 좋다.

클로징은 스피치 전체의 목적과 관련된 메시지를 함축해서 말하는 것이다. 청중의 감정을 마지막 정점에 달했을 때 극적으로 사용하는 것이라고 볼 수도 있다. 말하는 이의 열정이 함축해서 느껴질 수 있도록 최대한 끌어올려 마지막 '한마디'로 끝내는 것이다.

유명한 연사들의 클로징 멘트들을 살펴보는 것도 도움이 된다. 결국 내가 하고자 하는 것이 사람의 마음을 움직이는 클로징이라면 평소 주변에 관심을 가져보자. 평소 마음을 움직이는 글귀가 있었다면 기록해 두는 것도 도움이 된다. 완성도 높은 클로징이 전체 스피치를 좌우할 수 있다. 청중의 입장에서 클로징까지의 스피치를 다 듣고 의문점이 남을만한 요소를 남겨 두지는 않았는지 최종 점검을 해보자.

자신 있게 말할 준비가 되었는가? 튼튼한 마지막 메시지도 준비되었는가? 흔들림 없는 마지막 클로징이 내 스피치의 한방 불꽃 숏을 피어오르게 하는 힘이 된다. 마지막 말하기까지 긴장을 놓쳐서는 안 된다.

secret 05
유머도 준비하고 연습해야 한다

수년간 강의를 하면서 가장 많이 들었던 말이 "강의 재미있게 해주세요."라는 말이었다. 내가 개그맨도 아니고, 그렇다고 주제가 재미있는 것도 아닌데 어떻게 재미있게 해달라는 것일까? 심지어 남자 공무원 150명을 상대로 강의를 할 때는 아침 9시 강의였는데 재미있게 잘 부탁한다는 말이 "시험에서 100점 못 받으면 집에서 쫓겨날 줄 알아."와 같은 불호령으로 들리기까지 했다.

도대체 어떻게 재미있게 해야 하는 걸까? 왜 자꾸 재미있게 해달라고 부탁 하는 걸까? 나중에는 '재미'라는 말조차 부담스러웠다. 그런데 강의를 계속 하면서 그 재미라는 부탁이 어떤 뜻인지 알게되었다. 청중과 공감하고 소통할 수 있는 재미의 요소들을 찾아 달라는 것이었다. 강의를 듣는 사람들은 이른 아침, 퇴근 후, 주말 등 특정한 시간에 한두 시간 앉아서 강의를 듣는 것이 마냥 즐거운 일은 아닐 것이다. 그러니 공감되고 재미있는 강의가 아니라면 왜 이런 강의를 들어야 하느냐고 불만 섞인 이야기를 듣게 될 수도 있을 것이다.

같은 이야기라도 말하는 사람에 따라 청중이 받아들이는 차이는 천차만별이다. 친구들과 수다를 떨어도 마찬가지다. 유독 재미있게 말하는 사람이 있고. 매번 입만 열면 혼자 열변을 토하거나 진지하게 말해서 그 사람과 대화를 시작하기가 두려운 경우도 있다. 내 경우 재미있는 말하기를 위해 주변을 먼저 살펴보기로 했다. 다양한 사람들이 어떻게 말하는지를 보면서 어떤 요소들이 어떨 때 재미의 요소들로 표현되는지 찾아보는 것이다.

친구 중에 유독 인기가 많고 사람들이 많이 따르는 A는 말을 할 때마다 크고 다양한 제스처가 돋보였다. 마치 온몸으로 말을 대신해서 표현하듯이 제자리에 가만히 있는 경우보다 이리저리 움직이거나 손발로 크게 동작을 취하는 것을 볼 수 있었다. 말보다 몸으로 말한다고 하는 것이 더 알맞은 표현이었다. 하지만 부담스럽지 않을 정도로만 이야기에 맞는 적절한 몸짓을 해야 제2의 언어가 되는 법이다.

또 B는 목소리도 작고 움직임도 적었는데 표현력이 굉장히 좋았다. 실제 내가 그 상황에 있는 것처럼 정밀하게 묘사하거나, 직접 눈으로 보고 있는 것처럼 현장감 있게 표현하는 단어들이 섬세하고 맛깔스러웠다. 역시 말을 재미있게 잘하는 사람들은 이러한 특징들을 가지고 있었다.

개그맨들도 코너를 만들면 아이디어 회의를 하고 형식에 맞춰진 개그를 연습한다. 콘셉트와 대사를 준비하고 관객들의 웃음 포인트를 찾아 완벽하게 유머를 준비하는 것이다. 이와 마찬가지로 스피치를 하는 사람도 그 안에 유머를 준비해 두어야 하는 것이다. 물론 그들이 준비한 유머가 모든 관객들의 웃음 코드에 적중하는 것은 아니다. 나 또한 개그 프로의 모든 코너마다 웃음이 나오는 건 아니었다. 그렇다고 해서 개그를 준비한 개그맨을 보면서 실패한 유머라고 하거나 재미없는 개그맨이라고 생각하지는 않는다. 그저 웃음 코드가 안 맞았구나 생각하면서 썰렁한 기운을 느끼며 지나가게 된다.

스피치에서도 마찬가지다. 열심히 준비한 유머가 생각한 것만큼 청중의 반응이 없을 수 있다. 청중이 어리둥절한 표정으로 나를 쳐다보게 될지도 모른다. 하지만 의연하고 태연하게 지나가면 된다. 불안감과 초조함 때문에 이런 상황을 지나치지 못하면 스피치의 전체 분위기가 흔들리게 된다. 다음에 다시 할 때 더 재미있게 만들기 위해 보완하면 될 일이다. 즐거운 유머를 구사하는 스피치는 말하는 사람의 초조함이 없을 때 더 자연스럽게 연출된다. 다른 사람을 웃기는 직업인 개그맨도 매번 그런 시행착오를 거치고 연습을 거듭한다. 그러니 우리도 스피치를 위한 재미있는 요소를 찾기 위해서 자신감과 꾸준한 노력을 기울일 준비가 필요한 것이다.

내가 방법을 잘 모를 때는 스피치를 직업으로 하는 강사들의 유머를 살펴보기도 했다. 유명 강사가 어떻게 말하는지 강의를 많이 들어보는 것이다. 청중을 웃기는 포인트를 찾아서 이럴 때 반응하고 웃어주는구나, 이런 방법이 좋겠구나, 메모하면서 강의를 들었다.

강사가 말할 때의 제스처나 말투, 움직임을 보면서 어떻게 하면 더 재미있을까를 고민했다. 그런데 같은 유머라도 청중들의 호응도에 따라 말하는 사람의 유머가 조금씩 달라지기 마련이어서, 청중들이 어떻게 반응하는지도 함께 메모했다. 한 강사가 똑같은 유머를 40대 이상 아주머니들에게 했을 때는 폭발적인 반응이었는데, 30대 남자들을 대상으로 했을 때는 반응이 시원찮았다. 유머 코드도 청중의 연령과 성별, 직업 등 여러 가지를 고려하여 준비해야 한다는 사실을 깨달은 것이다.

나는 목소리 톤이 낮은 편이다. 흔히들 말하는 '솔' 톤의 목소리가 아니라 오히려 담백하고 담담한 저음에 속한다. 게다가 몸짓으로 크고 화려한 제스처를 하면서 유머를 구사하기에는 부담스러운 마음이 들었다. 그렇다면 내가 잘할 수 있는 유머는 어떤 것이 있을까 고민해 보았다. 억지로 유머를 구사하기 위해 성대모사나 흉내를 내면, 시도하는 나도 손발이 오그라 들고 보는 사람도 어울리지 않는다며 불편해할 것 같았다. 그래서 고민한 방법은 적절한 사례와 소소한 이야기들로 공감이 가는 웃음 코드를 찾아내는 것이었다.

여자 영양사 300여 명을 대상으로 강의를 한 적이 있었다. 내 강의 앞 시간은 위생과 관련된 강의였고, 뒤이어 나는 '친절'과 관련된 주제로 강의를 하게 되었다. 영양사분들은 이미 1시간 이상을 의자에 앉아서 강의를 들었기에 조금 지쳐보였고, 대부분 50대 이상의 주부들이 많아 보였다. 내가 과연 어떤 이야기를 해야 재미있게 호응해줄까 고민했다. 그 당시 나는 주부가 아니었기 때문에 평소 엄마의 모습을 떠올리며 주부 300여 명과 소통을 해보기로 마음을 먹었다.

"지금 1시간 이상 이미 강의를 들으셔서 조금 지쳐있으시죠? 저의 엄마가 늘 하시던 고민의 1순위가 있는데, 그건 바로 오늘 반찬은 뭘 해먹지, 하는 거였습니다. 지금 반찬 걱정 하고 계신가요? 표정들이 다른 생각을 하고 계신 것 같습니다." 하면서 오프닝을 시작했다. 그리고 강의를 이어가다가 "저희 엄마는 집에서 제일 먼저 버리고 싶은 거 첫 번째가 밥통, 두 번째는 남편이라고 하던데 여러분은 지금 뭘 버리고 싶으세요?" 하면서 다양한 이야기를 이어나갔다. 평소 엄마와의 수다에서 엄마가 했던 말 중에 밥과 관련하여 떠올랐던 이야기를 했는데 박수 치면서 웃으시는 분도 계셨고, "나는 세 번째도 있는데!" 하며 손을 들었던 분도 있었다. 웃음 코드를 맞추는데 적절한 공감을 불러일으킨 것 같았다. 그리고 자연스럽게 본론으로 이끌어, 친절을 위한 언어 표현과 표정에 관한 주제로 강의를 이어나갔다.

스피치에서 유머는 중요한 요소임에 틀림없다. 하지만 억지웃음이 아닌 자연스런 웃음이어야 한다. '당신을 웃기기 위해서 내가 유머를 준비했어.'라는 식의 유머는 오히려 독이 될 수 있다. 유치하고 억지스런 유머는 부담스러울 수 있다. 흔히 말하는 아재개그는 잘 사용하면 좋지만 잘못하면 분위기를 더 냉랭하게 만들 수 있다. 그러니 미리 준비하는 유머는 짧고 임팩트 있는 난센스 정도로만 이용하자. 오히려 공감되는 이야기들 중에 재미있었던 사례들을 중심으로 이야기를 하는 것이 좋다. 그래야 스피치의 본론으로 이어지기에도 자연스럽고 편안한 분위기 연출도 가능하다.

재래시장을 지나가다가 곡물을 파는 할머니가 적어둔 팻말을 본 적이 있다. 쌀 1킬로그램에 얼마, 콩 1킬로그램에 얼마, 이렇게 가격을 적어뒀는데, 그 중에 팥을 '팟'이라고 잘못 적어 둔 게 보였다. 평소 같으면 '뭐야 잘못 적었네.' 하고 지나갔을 텐데 유머 스토리를 찾던 도중에는 그런 소소한 것들도 사진을 찍어두고 메모장에 저장해 두기도 했다. 언제 어떤 경우라도 준비한 유머가 쓰임이 생길지 모를 일이기 때문이다. 중요한 것은 준비한 유머를 사용하기 위해서는 그 유머가 스피치 하는 내용과 연결되어야 한다는 것을 명심해야 한다.

재미있는 이야기로 분위기를 즐겁게 만들었지만 말하고자 하는 내용과 상관이 없다면 나는 스피치를 하는 게 아니라 유머를 구사하는 사람이 되어버린다. 웃음을 끌어내기 위해 스피치를 포기하게 되는 것이다. 스피치의 목적 자체가 유머가 아닌, 딱딱하지 않은 분위기를 만들어내는 것임을 잊지 말자. 말하고자 하는 스토리에 유머를 넣어도 좋고, 행동이나 제스처로 보여줄 수도 있다. 어떤 것이 되었건, 나에게 맞는 방법을 찾아두는 것이 좋다. 스피치를 하기에 앞서 나만의 제대로 된 무기를 들고 있어야 한방 웃음을 터트릴 수 있다.

여자는 유머 있는 남자를 좋아하고, 남자는 웃어주는 여자를 좋아한다고 한다. 하지만 재미없는 유머로 상대가 웃어주기만 기대하지 말자. 제대로 된 웃음을 준비해야 매력적인 한방이 된다.

secret 06
일단은 작은 성공 경험을 쌓아라

　당신은 두려운 것이 있는가? 무엇을 떠올릴 때 가장 긴장되고 두려운가? 사람들은 혼자 하는 일보다는 여러 사람들과 함께 하는 일, 많은 사람들 앞에서 말을 해야 하는 상황이 오면 긴장되고 떨린다는 말을 많이 한다. 스피치 교육을 통해 처음 만났을 때 유독 자신감 없고 주눅이 들어 있던 혜정이도 그랬다.

　혜정이는 취업 준비생이었다. 4년 동안 열심히 대학교에서 공부를 했는데, 막상 취업을 하려고 보니 쌓아둔 경험보다는 무작위로 취득한 자격증만 많다는 이야기를 했다. 남들은 그런 자격증도 없을 수 있는데 왜 그렇게 자신 없어 하느냐고 물었더니, 자격증이 많지만 결국 사람들 앞에서 말하는 것이 두렵다고 했다. 그렇게 면접에서 번번이 떨어지고 있다는 것이다. 처음부터 자신 없던 면접이 발목을 잡고 있어서 더 이상 취업 자체가 먼 나라 이야기처럼 느껴진다고 했다.

코칭에 앞서 혜정이가 어떤 분야의 자격증을 가지고 있으며, 어떤 기업에 면접을 보았는지, 그동안의 이력들을 상세하게 상담하기 시작했다. 혜정이는 공무원을 준비 중이었다. 이력서에 적어둔 소위 스펙들이 화려했다. 스스로 준비해온 시간의 결과물들이 빼곡하게 담겨 있었다. 그녀의 성실함을 본다면 어느 회사에나 합격할 만했으나, 문제는 목적 없는 성실함이 그녀를 힘들게 했다는 것이었다. 면접에서는 한 번도 합격해본 적이 없어서 면접을 보러 오라는 통지를 받으면 오히려 불안해서 잠도 오지 않는다고 했다.

간단한 질문 몇 가지를 하면서 혜정이와 가상 면접을 진행해 보았다. 자기를 소개하거나, 회사원에 지원하게 된 동기 등 기본적으로 준비해야 하는 면접 질문들을 위주로 시작했다. 보이는 이미지가 단정하고 웃는 얼굴이 예쁜 혜정이는 가상 면접을 시작함과 동시에 다른 사람으로 변했다.

무표정으로 시선은 아래를 향하고 있고, 목소리도 웅얼거리면서 말하기 시작했다. 평소의 모습과 사뭇 다른 이미지로 자신을 바꿔버린 것이다. 여기서 끝이 아니었다. 질문에 대답을 할 때 한 번도 눈을 마주치지 않았다. 고개를 이리저리 움직이거나 아래로 향한 시선은 누가 봐도 자신감 없는 모습이어서 실망할 수밖에 없었다.

문제는 자신이 그렇게 변한다는 것을 스스로 인지하지 못하는 데 있었다. 억지로 면접에 끌려온 사람처럼 의지나 적극성이 전혀 보이지 않았다. 누가 봐도 면접에서 떨어지는 게 당연한 모습이었다. 그녀는 합격이 아니어도 좋으니 면접 1차에서 한 번이라도 통과해보고 싶다고 말했다. 그런 경험이 있다면 두 번째나 세 번째 면접에서는 자신감을 얻고, 할 수 있겠다는 마음이 생길 것 같다고 했다. 그렇게 그녀와 나는 한 달 정도 혹독한 트레이닝을 시작하게 되었다.

우선 짧은 가상 면접을 녹화해서 보여주었다. 본인이 혼자 생각했던 것보다 녹화된 모습을 보며 심각함을 느꼈다. 목소리를 크게 하고 발음을 또박또박 하는 연습부터 시작했다. 상대방이 잘 알아들을 수 없는 말은 전달력이 떨어지고 특히 면접에서는 합격 여부에 큰 영향을 미친다. 그런데 그녀는 자신의 이름조차 또박또박 말하지 못해서 혜정인지. 혜경인지 제대로 들리지 않을 정도였다.

두 번째는 자세나 표정, 눈빛 등 이미지와 관련된 연습을 했다. 평소에는 잘 웃는 얼굴인데 면접만 진행되면 어두운 표정으로 변해버렸다. 그녀는 너무 긴장한 나머지 웃음이 안 나온다고 했다. 억지로 입을 벌려 웃을 필요는 없지만 입 꼬리를 올리거나 눈빛을 마주치는 정도의 연습은 필요하다고 조언했다. 입 꼬리를 일부러 옆으로 쭉 늘어뜨리거나 입을 꾹 다물어보기도 했다. 치아가 보이도록 한번씩 웃어보면서 경직된 표정을 풀어보는 연습도 했다. 처음에는 어색해서 얼굴이 떨리고 경직된 모습을 보였다. 모델이 걷는 연습을 하듯 매일같이 얼굴 표정과 인사를 연습했다. 면접에서의 첫 이미지는 면접이 끝날 때까지 이어진다. 짧은 시간 안에 면접관에게 좋은 이미지를 심어주는 것이 면접에서 성공할 수 있는 노하우 중 하나다.

이미지와 목소리, 발음 등을 연습하고 나서 본격적인 가상 면접을 연습했다. 다양한 질문지를 만들었다. 처음에는 쉽고 간단한 것부터, 일부러 대답하기 어려운 질문들까지, 여러 방법으로 질문을 쏟아 부었다. 일명 압박면접이라고 하는 방법도 연습해보면서 트레이닝을 했다. 이제는 조금씩 자신감이 생기는 것이 얼굴에 보였다.

떨리던 얼굴 근육도 서서히 자리를 잡았다. 웃는 모습도 평소처럼 자연스러워졌고, 첫 인사와 웃는 이미지도 완성된 모습을 보였다.

그렇게 한 달의 시간이 흐르고, 그녀의 첫 면접이 있는 날이었다. 면접에서 긴장되면 오히려 많이 웃다가 오라는 말을 남겼다. 결과는 어땠을까? 성공이었다. 그동안 보였던 그녀의 성실한 모습들이 면접에서 빛을 발휘했다. 이제는 면접을 위한 이미지가 아닌 실제로 잘 웃고 자연스러운 모습의 밝은 회사원이 된 것이다.

몇 년이 지난 그녀는 지금 회사에서 신입사원들을 대상으로 CS 교육을 담당하는 CS 메신저가 되어 있다. 자신의 작은 성공 경험을 바탕으로 자신처럼 힘들어하는 신입들에게 새로운 희망 메신저가 된 것이다. 회사에서 매일 새로운 고객들을 만나다 보니 사람들과 대화를 나누는 것도 자연스럽게 몸에 익었다. 주눅 들고 자신감 없던 몇 년 전의 혜정이 모습은 찾아볼 수 없었다. 처음 보는 사람에게도 스스럼없이 말을 걸고 웃으면서 먼저 다가갈 수 있는 여유가 생겼다. 자신의 노력에 의한 성공 경험이 그녀를 불안한 마음에서 탈

출시켜 당당하게 만들어 준 것이다.

   누군가의 앞에서 말을 한다는 것은 어렵다. 그중에서도 처음이 가장 어렵다. 시도해 보지 않은 처음이 두려움도 가장 크다. 면접, 발표, 소개, 강의, 연설 등, 어떤 것이든 말을 해보는 것 자체가 어려운 것이다. 그러나 시도하지 않는다면 두 번 세 번 더 많은 경험을 할 수 있는 기회마저 줄어든다. 스피치는 못한다고 안 하는 버릇을 들이면 평생 한 번도 못할지도 모른다. 저마다 나만의 작은 성공 경험을 쌓아야 이후에 다양한 방식의 말하기에서 자신감 있게 시도할 수 있는 의지가 생기는 것이다.

   말하기는 어떤 경우에는 도전일 수 있고, 또 다른 기회의 장이 될 수도 있다. 누군가의 앞에서 말하는 것이 두렵다면 지금 현재에 그냥 만족해야 한다. 반대로 앞으로 한발 더 나아가고 싶다면 내가 나를 이겨내야 한다. 발표 불안에서 벗어나고 싶다면 제일 먼저 나를 이겨내야 한다. 성공 경험을 쌓아 지금보다 더 큰 무대에서 더 큰 스피치를 할 수 있는 자신감을 얻어야 한다.

   도전해야겠다고 느긴다면 매일 10분이라도 시간을 내서 연습을 해보자. 스피치의 자신감을 심어주는 데 크게 한몫을 할 것이다. 주제를 정하고 스스로 10분이라는 시간 동안 스피치를 해보는 것이다. 가끔은 뻘짓이 필요하다. 뻘짓은 허드렛일 따위를 하는 것을 뜻함이 아니라 시행착오를 거치는 것을 말한다. 처음 도전하는 사람들에게 어쩌면 뻘짓은 당연한 일이다. 그만큼 경험이 되어 쌓이게 된다. 뻘짓을 안 해본 이등병은 병장이 되어서도 뻘짓을 한다고 했다. 내가 지금 하고 있는 경험과 노력들이 헛되지 않는 뻘짓임을 잊지 말기 바란다. 작은 성공 경험들이 나를 더 크게 성장시켜주는 힘이 된다.

secret 07
녹초가 될 정도로 충분히 준비하라

사람들은 저마다 가지고 있는 '에너지'가 있다. 자신만이 가진 '힘'이 될 수 있고, 긍정적인 '기운'이 될 수 있다. 내가 가진 에너지를 다른 사람들에게 전해주는 '웃음'도 자신만의 에너지가 될 수 있다. 나는 사람들 앞에서 말을 할 때 가장 긴장되지만 또 그만큼 에너지를 받고 또 충전한다. 그래서 힘들지만 놓지 못하는 말하기의 중독성이 있다. 그런데 말하기 자체를 에너지로 느끼기까지는 많은 연습이 필요했다.

연습을 하고 또 하고, 거듭해서 또 하고, 이쯤이면 됐겠지 싶은 마음이 들 때 다시 한 번 연습하기를 반복했다. 그것이 내가 스피치를 위해 연습하고 준비하며 익숙해지는 과정이었다. 그런데 이런 연습을 누구보다 제대로 하는 사람이 있었다.

2018 평창동계올림픽에서 첫 금메달을 선물해준 쇼트트랙 임효

준 선수다. 그는 2012년 유스올림픽에서 종합 10위에 그친 성적으로 크게 주목받지 못한 선수였다. 그 뒤로도 발목 인대 파열, 허리 골절 등의 치명적인 부상이 연속되어 일곱 번이나 수술을 해야 했다. 운동선수에게 계속되는 부상만큼 불안하고 힘든 순간이 또 있을까? 하지만 임효준 선수는 이렇게 말했다.

"자신의 실력을 의심하지 않았다. 의심은 오로지 연습으로 극복할 수 있다."

대부분의 사람들은 힘든 순간 힘을 내서 연습을 하기보다 더 빠른 포기를 선택하기도 한다. 그러나 임효준은 더 치열한 연습으로 최고의 결과를 얻어냈다. 일곱 번이나 수술을 하고 금메달을 딴 소감이 어떠냐는 질문에는 이렇게 대답했다.

"부상에 힘들어하는 선수들에게 포기하지 말라고 말하고 싶습니다. 내가 훈련하는 것을 본 동료들이 모두 말렸지만 저는 오로지 평창만 바라보고 달렸습니다."

빙상계에서 임효준은 다른 선수 열 명의 경험을 합친 것만큼이나 아픔을 많이 겪은 선수로 통한다고 한다. 그런 그가 스스로의 실력을 믿고 꾸준한 연습을 이어갔고, 금메달로 결실을 맺었으니 더 의미 있고 자랑스럽다. 원하는 것을 얻기 위해 얼마나 인내하고 연습해야 하는가를 여지없이 보여준 셈이다.

당신이 스피치를 잘하고 싶다는 마음을 먹었다면 얼마나 준비를 해왔는지, 혹은 어떤 준비를 하고 있는지 돌아보자. 말을 잘하기 위해 책을 읽기도 하고 원고를 써보는 연습도 한다. 다른 사람이 말하는 것을 많이 들어보고 노트에 기록하는 사람도 있다. 실제 스피치 경험을 위해 다양한 무대에서 말하기 연습도 한다.

이처럼 스피치를 위한 연습의 방법은 다양하고 가지각색이다. 하지만 분명한 건 남이 하는 방식을 따라하는데 그치는 것이 아니다. 하루도 빠짐없이 꾸준히 할 수 있는 성실함을 가졌느냐가 중요하다. 또한 내가 스피치 하고자 하는 목적에 맞는 연습 방법을 찾는 것이 중요하다. 어떤 스피치를 위해 어떤 연습을 해야 하는지 내가 나를 잘 분석하고 준비할 필요가 있는 것이다.

가령 목소리에 자신이 없는 사람은 목소리를 키우거나 발음과 발성을 연습해야 한다. 스피치에 있어 손동작이나 제스처가 어색한 사람은 동작 연습을 병행한다. 무대에서 떨림이 많은 사람은 긴장하지 않기 위해 실제 무대에 서보고 실제와 같은 분위기를 연출하여 현실 감각을 익히는 연습을 해야 한다.

내가 처한 상황에 맞는 연습 방법과 준비 방법은 각자 다른 것이다. 남이 한다고 해서 따라 하기만 하는 연습은 실제로 본인의 스피치 실력 향상에 전혀 도움이 되지 않는다. 말을 잘하는 사람이 있고, 말을 잘 듣는 사람이 있다. 나는 어떤 경우에 해당하며, 어떤 목적을 위해 스피치를 잘하고 싶은지 스스로 분석해보길 바란다.

내가 나를 분석했다면 내가 말할 수 있는 스피치의 주제를 선정해 보자. 어떤 이야기를 할 것인가, 누구를 대상으로 어떤 말을 하고 싶은지 메시지의 주제를 정확히 한다. 그리고 그 메시지를 전달하는 나를 소개하면서 스피치는 시작을 알리게 된다. 인상적인 오프닝, 청중과 함께하는 스토리, 다양한 표정과 제스처, 기억에 남는 클로징, 어떤 것부터 준비할지 머릿속으로 큰 그림을 그려보자.

실전에 앞선 연습은 얼마든지 반복하고 또 할 수 있다. 무대가 시작되면 그동안의 노력들이 빛을 발하는 순간이 온다. 전체적인 준비가 다 되었다면 실제 스피치를 하는 것처럼 청중들에게 연습해 보기를 추천한다.

또 내 이야기를 듣고 피드백을 해줄 수 있는 누군가를 찾아야 한다. 내가 아닌 다른 사람에게 숙제 검사를 받는다는 기분으로 피드백을 받아보자. 청중 앞에서 말하기의 경우 공포심과 긴장감이 그날의 성공 여부를 판가름 짓기도 한다. 실전에서 청중과 교감한다는 생각으로 충분히 연습하고 또 피드백을 받으면 실제 떨림을 줄일 수 있다.

연습 방법 가운데 가장 잘못된 것은 원고를 토씨 하나 틀리지 않고 달달 외우는 암기식 연습이다. 생각보다 많은 사람들이 하는 실수 중 하나가 이것이다. 준비한 원고를 외워서 할 말을 다 잘하고 왔다고 생각하는 것이다. 예를 들어 결혼식에서 주례의 모습을 떠올려

보자. 신랑 신부와는 눈빛 한번 마주치지 않으면서 써온 원고를 손에 들고 읽는 경우가 있다. 또 허공을 보면서 열심히 암기해온 내용을 책 읽듯이 기계적으로 말하는 사람도 있다. 두 경우 모두 자연스러운 내용 전달이 되지 않는다.

오히려 부모님이나 친구들, 사회자가 축하의 한마디를 해주는 것이 훨씬 자연스럽고 매끄러운 진행으로 느껴질 것이다. 말을 할 때에는 상대방과의 눈빛 교감, 내용 전달이 중요하다. 어떤 것 하나 연습하지 않고서 제대로 전달되는 말하기란 어렵다. 어떤 상황에서도 말하기의 목적을 흩뜨리지 않기 위한 철저한 연습이 필요하다.

최근 배우 곽도원이 인터뷰한 내용이 기억에 남는다.
"사실 난 캐릭터를 준비하기까지 엄청난 시간과 노력을 요한다. 그리고 스스로를 괴롭게 할 정도로 철저하게 준비하는 편이다."
이어서 그는 자신의 인생 캐릭터라고 봐도 무방할 〈범죄와의 전쟁〉, 〈타짜 - 신의 손〉, 〈곡성〉의 캐릭터 탄생 비하인드 스토리도 이렇게 밝혔다.

"특히 이런 역할들이 캐릭터 만드는 데 힘들다. 사경을 헤맨다고 표현하는 게 맞는 거 같다. 그 정도로 노력한다."
어떤가? 배우가 캐릭터 탄생을 위해 노력하는 것이 사경을 헤맨다 할 정도라니 얼마나 극한의 애를 썼는지 알 수 있다. 이쯤이면 되겠다 싶은 건 없다. 말하기를 위한 연습을 한다면 녹초가 될 정도로 준비를 해보자.

실제 말하는 장소에서 준비할 수 있는 또 다른 것을 살펴보는 것도 잊지 말자. 프레젠테이션을 한다면 발표 자료가 있을 것이다. 대본이나 원고만 있을 수도 있고, 음악이나 영상자료가 추가되는 경우도 있다. 사전에 준비한 자료들을 이동식 디스크에 저장을 하거나 이메일로 파일을 따로 보관하기도 한다. 현장에서 잘 작동하는지 살펴보기 위해 일찍 도착해서 자료를 확인하는 것도 반드시 필요하다.

마이크가 잘 작동하는지 켜보지도 않고 무대에 올라갔다가 생목으로 한 시간 강의를 했다는 강사의 말을 들은 적도 있다. 실제 말하기를 위한 환경을 사전에 점검을 하지 않으면 곤란한 상황에 부딪칠 수 있다. 공간 배치를 잘못해서 내가 만든 프레젠테이션 자료를 내가 서 있는 자세로 다 가려버리는 경우도 있다. 다양한 환경에 수많은 변수가 있음을 기억해야 한다. 강연장에 일찍 도착해서 사전 점검을 하는 것이 연습의 끝이라고 할 수 있다. 모든 상황을 다 정리하고 나면 오히려 말하기에 앞서 자신감도 높일 수 있음을 기억하자.

모든 준비가 다 되었다면 주먹을 불끈 쥐고 자신감으로 무장된 나를 청중들에게 보여주면 된다. 녹초가 될 정도로 충분히 연습했는가? 이제 심호흡을 하고 천천히 무대 위로 오른다. 큰 목소리로 인사하자. 해야 하는 것 이상을 하면 성공하기 쉽다고 했다. 그 이상의 연습으로 완벽하게 준비하자. 당신의 연습이 빛을 발할 시간이 왔다.

secret 08
남의 평가에 예민반응 하지 말라

　사람마다 타고난 성격이 있는데 내가 예민한 부분은 다름 아닌 '말'에 관련된 부분이다. 특정 행동이나 상황보다 '말'에 있어서 더 촉각을 곤두세우는 편이다. 가령 친구들과의 만남에서도 약속 시간에 늦는 건 이해한다. 고집을 피우거나 하고 싶은 일을 주도해도 대체로 맞춰주는 편이다. 하지만 대화를 할 때 흘려듣거나, 듣기 싫은 어투로 말을 할 때면 내 반응은 예민해진다. 사회생활을 할 때도 마찬가지였다.

　특정 상황에서 다른 문제들은 다 대수롭지 않게 넘어가는데, '말'로 인한 언어적 표현에 있어서는 곱씹어서 생각해보는 습관이 있다. 직업적으로는 강의 후에 듣게 되는 시시콜콜한 후기들이 자꾸만 마음에 남을 때가 있다. 강의 후에 나를 평가하는 잣대가 나를 향해 던지는 화살이 될 때가 있었다. 남들에게는 관대하지만 나 스스로에게는 인색한 편이었다.

초보 강사 시절, 강의를 하고 나서 강의 후 피드백 설문지를 작성했다. 나 혼자 만족하는 경우 자만심에 빠질 수 있고, 어떤 점을 개선해 나가야 하는지 방향성을 잡고 싶다는 이유에서였다. 그런데 오히려 피드백 설문지를 받고는 안 하느니만 못한 경우도 있다는 걸 알았다. 질문을 잘해야 대답을 잘 얻을 수 있는 것처럼, 어떤 피드백 설문지를 만드느냐에 따라, 어떤 사람이 작성하느냐에 따라 독이 될 수도 득이 될 수도 있다.

가령 설문지에 질문이 많으면 작성하다가 짜증이 나서 대충하거나, 빈 종이를 받게 되는 경우가 있다. 객관식이 아닌 주관식 답을 작성하기 힘든 것처럼 '강의 후 느낀 점을 적어주시오.'라는 설문지는 빈 종이만 돌려받게 될 확률이 높아지는 것이다.

고등학교 3학년 학생들을 대상으로 졸업 후 '직장인의 매너'에 대해 강의를 한 적이 있다. 공공기관이나 성인들을 대상으로 하는 것보다 오히려 학생들 앞에서 말할 때 더 주의가 필요하다. 말투, 표현 하나하나 꼬투리를 잡으며 장난을 치려 하기도 하고, 생각지 못한 질문으로 당황스러운 상황들이 불쑥불쑥 튀어나오기도 하기 때문이다. 말을 막 배운 서너 살짜리 아이들의 "엄마, 이건 뭐야? 저건 왜 그래?" 하는 질문에 모두 대답해 줄 수 없는 것과 똑같은 느낌이었다.

아이들은 성인에 비해 산만하고 집중력이 낮은 편이다. 강의를 듣는 태도도 당황스러운 경우가 있다. 하지만 흔들리지 않는 눈빛이 가장 중요하다고 생각했다. 속으로는 '아, 어쩌지?' 하는 경우도 있지만 떨림 없는 목소리와 태연한 모습을 보이며 2시간 강의를 이어나갔다. 강의 후 피드백 설문지를 나눠줬는데 의외로 칼날 같은 피드백이 있어 기억에 남는다.

"집중력이 떨어지는 점심 시간 이후에는 강의를 안 했으면 좋겠어요."

"강의를 들을 땐 '그렇구나!' 하지만 다 듣고 나서 돌아서면 잊어버립니다. 자주 강의를 해서 주입식으로 느낄 수 있게 해주던지, 사후 관리를 해주세요."

사실 아이들은 강의 목적에 별 관심도 없고 산만해 보였다. 하지만 그중 한두 명이라도 관심을 가지고 지속적인 피드백을 받고 싶어 하는 친구들이 있다는 것을 알지 못했던 것이다.

이후 학생 담당자에게 피드백 설문지를 보여드렸다. 관심은 있지만 식사 후 졸린 시간에 강의를 해서 힘들어 했으니 다음에는 학생들이 선호하는 시간에 강의를 하는 것도 좋겠다고 했다. 또한 강의 후 참고할 만한 자료를 만들어 배포하면 어떻겠느냐고 했더니 감사하다며 좋아하셨다. 강의 후 현장에서는 질문이 있으면 해도 좋다고 했지만 아무도 손을 들지 않았다. 그러나 배포한 자료 밑에 이메일 주소를 적어두고 질문이 있으면 메일을 보내라고 했더니 생각지도 못한 수십 통의 메일이 도착하기도 했다.

그때 깨달았다. 청중은 어떤 상황에서는 반응을 보일 수도 있지만, 혹은 그렇지 않을 수도 있다는 것을 말이다. 그리고 그 반응을 어떻게 끌어내고, 어떻게 다시 반응하는지도 말하는 사람에게 달려 있다는 것을 느꼈던 순간이다.

또 하나의 일화는 광고회사 인턴 시절 이야기다. 회의에서 각자 아이디어를 발표해야 하는 상황이 생겼다. 자리가 사람을 만든다는 말처럼 나는 '인턴'이라는 내 직함이 작고 힘없이 느껴졌다. 내가 회의 시간에 말하는 아이디어가 우스개로 들리거나 콧방귀를 뀔만큼 유치하게 들릴지도 모른다는 생각이 들었다. 다른 사람들이 내 말을 듣고 어떤 반응을 보일까 고민하며 긴장을 놓을 수 없었다.

매일 이어지는 아이디어 회의에서 선배들의 반짝이는 생각들은 나를 주눅 들게 만들기 충분했다. 그렇지만 언젠가는 넘어야 할 산이라는 맘으로 자리에서 일어섰다. 내 생각을 말하는 것보다 내 아이디어를 발표하는 것이 이렇게 떨리고 긴장되는 것인가, 그때 새삼 깨달았다. 내 차례가 되었고 고민해서 구상한 아이디어를 발표했다. 왜 그런 생각을 했는지 이유도 덧붙였다. 마음속으로는 심장이 튀어나올 듯 뛰었지만 당당한 목소리로 아이디어를 내기 위해 충분히 고민했음을 말했다.

자신감을 살려 발표를 이어갔다. 그러나 예상치 못한 질문도 있었고, 미처 고민하지 못했던 부분을 지적받기도 했다. 나름대로 자신감 있게 발표를 잘했다고 생각했는데 자리에 앉자마자 쥐구멍이라도 찾고 싶은 심정이 들었다. 회의시간 내내 다른 사람의 발표는 귀에 들어오지도 않고, 자책하는 맘으로 한숨을 푹푹 쉬면서 남은 회의시간을 보냈다. 그런데 회의가 끝나고 또 다른 반응들이 있었다.

"인턴인데 발표하는 게 당차고 목소리도 좋네."

"아이디어는 좋은데 적용을 좀 다른 방향으로 해도 괜찮을 것 같아."

"고민한 흔적들이 보이네. 더 노력해봐."

이게 뭘까? 분명히 회의시간에는 내 아이디어가 별로라고 했던 것 아니었나? 공식적인 회의가 끝나고 나서 지나가는 말로 툭 내뱉는 말들이 모두 나를 향해 토닥토닥 힘을 내라는 메시지로 들렸다. 회의시간에는 전체적인 흐름에 따라 단호한 피드백으로 지나쳤지만, 회의가 끝난 사적인 자리에서는 개인적으로 긍정적인 평가도 있었던 것이다.

매순간 남의 평가에 지나치게 예민해질 필요가 없다는 것을 바로 그 순간 제대로 실감하고 느꼈다. 피드백을 받고 내가 스피치를 한 후에 느끼는 모든 것이 정답은 아니라는 것도 깨달았다.

당신이 스피치를 할 때 평소보다 컨디션이 안 좋았다고 느꼈지만, 청중은 좋은 피드백을 보낼 수도 있다. 최선을 다했지만 혹독한 피드백이 날아올 수도 있다. 그럴 때마다 남의 평가에 지나치게 휘청거리고 흔들리면 마이크를 잡고 서 있을 힘을 잃게 된다.

나는 그럴 때마다 속으로 주문을 외운다. 1번 주문은 '그러려니' 2번 주문은 '그럴 수도 있다'이다. 다른 사람의 말을 듣고 기분이 언짢아질 때 1번 주문을 외운다. 그래도 자꾸 머릿속에 떠오르면 2번 주문을 외운다. 이 주문은 스피치의 경우에만 해당하는 것이 아니라 평상시 내가 마인드 컨트롤을 위해 사용하는 방법이기도 하다.

스피치를 할 때 청중의 반응에 예민해지지 않아야 청중의 자세를 수긍하는 마음이 오히려 커진다. 말을 준비하기에 앞서 청중 앞에 서 있는 내 마음가짐을 준비하고 단련시키는 연습을 게을리 해서는 안 되는 이유가 이것이다.

내가 흔들리지 않아야 내 말이 흔들리지 않고, 그래야 제대로 된 말을 할 수 있다. 사람들은 다른 사람을 평가하기를 좋아한다. 반면에 나도 어디선가 어떤 상태로든 평가받을 수 있음을 명심해야 한다. 때로는 평가 그 자체로 끝내고, 큰 의미를 두지 않아야 한다. 그래야 더 단단한 마음으로 말하기가 쉽고 편안해진다.

'나를 어떻게 생각하고 있을까?'

'내가 뭔가 잘못 말한건 아닐까?'

'왜 나한테 저런 평가를 할까?'

쓸데없이 꼬리에 꼬리를 무는 고민을 하다 보면 남의 평가에 예민해져서 제대로 된 스피치를 위해 한 마디도 뱉어내기 힘들어진다.

상황이나 말 자체가 평가받을 수 있는 일이지만, 인간적인 내 모습이나 전체를 두고 평가하는 것이 아님을 명심해야 한다. 말하는 사람이 제 아무리 뛰어난 언변가라 해도 청중 전체가 그를 향해 박수를 칠 것이라고 기대해서는 안 된다. 말하는 사람은 청중 앞에서 평가받는다는 것이 당연함을 전제로 두고, 할 수 있는 최선을 다해 스피치를 하면 된다. 오늘도 말하기에 앞서 내 마음을 잘 추슬러 본다.

'나는 지금 남의 말에 지나치게 예민해지지 않을 만큼 충분한 여유를 장착하고 있는가?'

마이클조던, 제이미 올리버, 지미 카터, 이들의 공통점은 실패를 넘어서 도전하고 자신을 이겨낸 사람들이라는 것이다. 실패를 해보지 못한 사람은 어떻게 자신을 고치며 좌절을 이겨낼 수 있는지 그 방법을 모를 수도 있다. 반대로 실패를 통해 오히려 나를 성장시킬 수 있는 지혜를 발견할 수도 있다. 실패해도 괜찮다. 실수해도 괜찮다.

남이 하는 평가가 아닌 스스로에게 박수칠 수 있을만한 노력이 있으면 그것으로 됐다. 공중화장실에서 우연히 스치며 본 명언 하나가 떠오른다.

'행복해지고 싶으면 다른 사람이 나에 대해 어떻게 생각하는지 걱정할 시간에 당신이 하고 싶은 걸 하라.'

secret 09
한 번이 어렵지, 두 번째는 쉽다

　노래방에 가면 자기만의 애창곡이 하나쯤은 있을 것이다. 평소 좋아하는 가수의 곡일 수도 있고, 자신 있게 부를 수 있는 곡일 수도 있다. 혹은 남들 앞에서 불렀을 때 제법 노래 잘한다는 소리를 들었던 그 곡이 나만의 18번이 될 수도 있다.

　처음 노래방에 갔을 땐 노래방 마이크 특유한 에코 사운드에 익숙하지 않고, 마이크를 통해 들리는 내 목소리가 낯설게 느껴진다. 하지만 몇 번 노래를 부르다 보면 어느덧 마이크 소리에 어울리고 내가 잘 부르는 노래 한 곡쯤은 찾을 수 있게 된다.

　스피치도 마찬가지다. 무대에 올라서서 마이크를 잡고 노래가 아닌 말을 하는 것이 다를 뿐이다. 스피치에서도 내가 잘하는 이야기, 자신 있는 주제, 그 무엇이 되었든 나만의 노하우가 생기게 된다. 처음 한 번이 어렵지 노래방에서도 울리는 사운드에 익숙해지면 어느덧 그 곳의 가수가 되어버린 것처럼 즐기면서 놀 수 있다. 어디서나 적응하고 즐기는 것이 첫 번째 과제인 셈이다.

처음 마이크를 잡고 2시간 동안 했던 강의가 생각난다. CS 강의를 위해 버스를 타고 부산으로 갔다. 더운 여름, 정장차림에 머리를 단정하게 묶고 버스에 올라탔다. 긴장하기도 했지만 행여 머리나 옷차림이 흐트러질까봐 버스에서 고정된 자세로 앉아 있었던 그때의 긴장감이 생생하다. 강사라는 이름으로 나를 소개하고 2시간의 강의를 시작했다.

병원 직원들을 대상으로 하는 CS 강의였다. 친한 친구들 가운데 병원에서 근무하는 친구들이 많았고, 그 친구들과 병원 이야기들을 소재로 자주 수다를 떨었던 경험이 있었으니 강의의 소재는 그야말로 한 가득이었다. 병원 직원들 간의 이야기, 기억에 남는 환자 이야기, 특별한 에피소드들이 많았다. 그 전에는 단순히 수다로 들었지만 강의를 위한 준비를 하면서 친구들과 나눈 이야기가 나만의 이야기 소재가 된 셈이었다.

기본적인 인사와 고객 응대법을 시작으로 강의를 시작했다. 병원에 다니는 내 친구들 중에는 치과 간호사, 물리치료사, 임상병리사, 요양병원에 근무하는 친구들까지 다양했다. 그동안 그 친구들에게 들었던 이야기들을 모아 그들이 경험했던 이야기들을 그날의 주제와 적용시켜 이야기했다. 이럴 땐 이렇게 하면 된다고, 책에 나올법한 이야기는 하지 않았다. 실제 사례를 적용시켜가며 어떻게 하는 게 좋은지, 어떤 경우에 어떻게 대처할지를 말했다.

직원들의 관심과 호응이 좋아 긴장감이 줄어들었다. 쉬는 시간에 여직원 두 분이 어떻게 하면 CS 강사가 될 수 있는지, 어떤 과정을 거치는지 질문을 해왔다. 병원에서도 직원들끼리 돌아가면서 CS 관련 강의를 하는데, 본인 차례가 되면 며칠 전부터 잠이 오질 않는다는 것이었다. 간단하게 내가 공부해온 과정이나 스피치에 관련된 부분, 강의를 위한 준비를 설명했더니 관심이 생긴다며 명함을 부탁했다.

쉬는 시간이 지나고 강의에 더 자신감이 생겼다. 내가 하고 있는 강의가 누구에게는 꿈이 될 수도 있겠다 싶은 생각이 들었기 때문이다. 물론 나도 그 2시간 동안의 스피치를 준비하는 것이 어렵고 긴장됐다. 준비하는 내내 '잘 할 수 있을까, 괜히 한다고 한 건 아닐까, 첫 번째 강의를 못하면 다음번 강의는 더 자신 없어질 텐데' 하는 수많은 고민과 걱정의 시간을 보냈다.

다행히 2시간 동안 많은 호응과 관심을 보여주신 덕분에 즐겁게 강의를 마쳤다. 강의를 마치고도 도움이 많이 되었다며 계속 호응을 해주셔서 솔직하게 말씀드렸다.

"사실 오늘이 저의 첫 강의입니다. 어떻게 들으셨는지 모르겠지만 저는 며칠 밤을 긴장하며 보냈습니다. 자신 있게 한다고 했는데 도움이 되셨나요?"

정말 첫 번째 강의가 맞느냐고 되물어보시면서 연신 박수를 보내주셨다. 이렇게 하면 앞으로 두 번째 세 번째 강의는 더 잘할 수 있을 거라며 격려와 칭찬을 아끼지 않으셨다. 생각해보면 이후로 오랜 시간 강사 생활을 할 수 있었던 것은 이 첫 번째 강의에서 긍정적인 기운을 받은 덕분이었다.

　집으로 돌아와서 내가 했던 첫 번째 강의를 꼼꼼하게 기록했다. 강의 기획안, 실제 강의를 하면서 느꼈던 보충할 점, 반응이 좋거나 기억에 남는 질문들, 강의 후에 받은 피드백 설문지를 정리했다. 그렇게 차근차근 강의노트를 만들어가게 된 것이다.

　처음 시작은 떨리고 불안했다. 하고 싶고 좋아하는 일이라 시작하겠다고 호기를 부렸지만 실제는 경험하지 못한 시작이라 떨리는 게 당연했다. 잘하고 오겠다고 큰소리 쳤지만 사실 가는 동안 긴장한 탓에 얼마나 땀을 흘렸는지 모른다. 집으로 돌아오는 버스 안에서는 시작과 다르게 즐거운 마음으로 편안히 쉬었다. 더 힘차게 두 번째 강의를 준비하는 원동력이 생긴 것이다. 잘하고 싶은 일을 잘할 수 있어서, 즐기고 싶은 일을 즐길 수 있는 방법을 배울 수 있어서 나의 첫 번째는 그렇게 순탄하고 즐거운 강의로 기억되었다.

　강의를 마치고 선물도 받았다. 흰 봉투에 '강사님 최고의 강의였습니다.' 라는 글씨를 적어 커피 쿠폰을 주셨다. 가슴이 찡했다. 나의 도전과 첫 번째 발걸음에 힘을 실어주신 그분들 덕분에 지금까지도 계속 강의를 하고 있다.

초보 강사 시절엔 참 많이도 울고 웃었다. 말하는 직업이면서 말에 울고 말 때문에 웃었다. 힘들 때마다 그만둘까 포기하고 싶은 생각도 했다. 하지만 초심을 잃지 않기 위해 강의노트 맨 앞장에 붙여둔 흰 봉투를 몇 번이고 열어보았다. 그것이 내게는 부적처럼 힘을 주는 긍정의 에너지였다.

한 번이 어렵지 두 번째 세 번째 강의는 훨씬 수월했다. 떨리지 않았다는 건 아니다. 여전히 떨리고 긴장되고 어려웠다. 하지만 처음보다는 강인해진 마음이 있었다. 실수 하지 않을 만큼 충분히 연습하고, 의외의 상황에 대처할 수 있는 순발력이 생겼다.

청중의 반응에 대담해지는 담담함도 커진다. 하면 할수록 반드시 단단해진다. 그러니 스피치 자체를 겁난다고 생각하는 사람이 있다면 시작을 꼭 해보라고 말하고 싶다. 일단 시작해야 두 번째 또 다른 시작이 있다.

secret 10
청중 분석을 꼼꼼히 하라

광고를 만들 때 제품을 구입하는 타깃을 제대로 잡아야 판매율이 높아진다. 가령 핸드폰 영상통화의 경우 타깃은 자주 보고 싶어 하는 연인이 아니라 나이 많은 어르신들이라고 한다. 연인들은 상대방이 어디 있는지 확인하는 용도로만 쓸 뿐이고, 어르신들에게 손자 얼굴을 보여주는 효자노릇을 하는 콘셉트로 핸드폰 영상통화 광고를 해야 관심도가 더 높아진다는 분석이 있다.

스피치도 마찬가지다. 제대로 된 타깃을 분석해야 한다. 내가 하는 말을 들어주는 청중을 제대로 분석해야 제대로 된 스피치를 할 수 있다. 청중은 늘 나보다 앞서 있다. 나보다 더 많은 정보를 가지고 있으며 더 똑똑하다. 그런 생각을 하지 않으면 말하는 사람이 교만에 빠지기 쉽다. 혹은 제대로 된 청중 분석 없이 혼잣말을 하다가 오게 되는 낭패를 경험하게 된다.

내가 청중분석을 꼼꼼하게 하게 된 계기가 있는데, 그건 바로 '전화 응대' 강의 덕이었다. 서비스 강의에서 빠지지 않는 단골 주제 중 하나가 '전화 응대' 강의다. 요즘은 각자 휴대폰을 하나씩 가지고 있는 시대이니 전화 걸고 받고를 못하는 사람이 어디 있겠는가만, 주제는 내 개인 전화가 아닌 직장에서의 전화 응대법이다.

강의의 주요 내용을 나열해 보자면 전화를 거는 법, 받는 법, 다른 사람에게 내용 전달하는 법, 메모하는 법 등이다. 이것만 보면 '그걸 모르는 사람도 있을까? 왜 그런 걸 교육까지 해야 할까?' 하고 생각할 수도 있다. 나 또한 처음 전화 응대 교육을 의뢰받았을 때는 사실 그랬다. 성인들에게 전화 응대를 교육까지 해야 하는 건지 의문이 들었다.

청중 분석은커녕 강의의 목적을 간과해버린 것이다. 그러니 첫 전화 응대 강의는 그야말로 형식적인 교육에 머물 수밖에 없었다. 책에 나오는 이야기만 하고 왔다. 누구나 알고 있는 내용을 말로 옮겨주는 것에 불과했다. 당연히 청중의 반응은 그저 그랬다. 나도 알고 있는데 이걸 왜 시간 내서 들어야 하는지 모르겠다는 표정이었다. 아마 그도 그럴 것이, 실제 말하고 있는 나도 그렇게 느꼈으니 당연한 결과였다. 하지만 몇 번의 교육을 하고나서 깨닫게 되었다. 제대로 된 교육을 위해서는 청중들에게 왜 이 교육이 필요한지를 각인시킬 필요가 있겠다고. 왜 교육이 필요한지를 인식하고 청중을 제대로 분석해서 교육의 성과를 내야 하는 것이었다.

관공서나 병원, 기업에서 전화 응대 교육을 실시하는 데에는 크게 두 가지 이유가 있다. 첫째는 관공서 같은 공공기관은 분기별로 CS를 평가받게 되는데 CS 항목 중에서 전화 응대 항목에서 낮은 점수를 받는 팀이나 기관이 의외로 많고, 이들이 강의 의뢰를 한다. 둘째는 기업이나 병원 등의 경우, 고객의 불평불만이 전화 응대에서 시작되는 사례가 많기 때문이다.

어느 날 관공서로부터 전화 응대 교육을 의뢰받고 각 부서별 전화번호를 입수했다. 그리고 친구들에게 전화번호를 나눠주며 관공서의 업무시간이나 위치를 물어보도록 했다. 모니터링이 티 나지 않도록 편하게 물어볼 수 있는 질문을 부탁했다. 어떻게 응대를 하는지 친절도, 말투 등을 각자 느끼는 바 그대로 알려달라고 했다. 그런데 웬일인가? 생각보다 잘못된 전화 응대의 심각성을 바로 느낄 수 있었다.

전화를 받을 때 관공서 이름이나 본인 이름을 밝히지 않는 경우도 있고, 위치를 물어봤더니 오히려 시청 위치도 모르느냐며 핀잔을 주기도 했다. 질문을 받은 경우도 있었다. 몇 시까지 근무하느냐고 했더니 밤늦게 오시려고 물어보시는 거냐며 쏘아붙였단다. 전화를 걸고 받는 단순한 것에서 끝나는 것이 아니라, 제대로 된 응대를 하지 않아 개인이 아닌 관공서 전체의 이미지가 훼손되고 있었다. 고객들의 불만이 전화 한통에서부터 시작되고 있는 것이었다.

병원이나 기업도 마찬가지였다. 병원마다 예약을 받고 진료하는 곳이 있는 반면, 예약 없이 접수 순서대로 진료를 볼 수 있는 곳도 있다. 그래서 예약을 하고 가야 하는지 물어보기로 했다.

"병원인데 당연히 예약해야 되는 거 모르세요?"

"처음 오시면 예약 안 되니까 그냥 오세요. 얼마나 기다려야 하는지는 저도 몰라요."

실제로 내가 병원에 가기 위해 전화를 한 경우라면 나는 다른 병원을 찾아봤을 것이다. 병원에서 진료를 받기 전에 전화만 했을 뿐인데 이미 기분이 나빠졌다. 반대로 생각보다 다양한 쿠션 멘트나 고객 입장에서의 적극적인 호응법을 사용하는 곳도 많이 있었다.

"아, 그렇게 생각하실 수도 있겠네요."

"저도 그렇게 해드리면 좋겠지만, 다른 분이 먼저 예약되어 있어서요."

좋은 표현이나 진심이 느껴지고 좋았던 멘트들을 기록해 두었다가 강의에 활용하기도 했다. 제대로 된 청중 분석은 청중이 내 말에 귀를 기울이게 하는데 무엇보다 큰 몫을 차지한다.

내가 이 말을 왜 하고 있는지, 청중은 어떤 이유로 나의 스피치를 들어야 하는지 제대로 알게 되는 것이다. 스피치에는 목적이 있다. 청중 분석은 그 목적지까지 길을 잃지 않도록 강사를 안내한다.

강의를 하기 전에 실시하는 모니터링도 많은 도움이 되었다. 강의를 듣는 사람도 실제 사례를 예를 들어가며 설명했더니 긴장하기도 하고 집중력도 높았다.

'나도 모르는 사이 내가 이렇게 전화를 받고 있었구나.'

'만약에 나라면 어땠을까?'

'혹시 모니터링 했을 때 내가 전화를 받았던 건 아닐까?'

여러 가지 생각과 함께 자기반성과 노력의 시간을 동시에 가질 수 있게 된 것이다. 청중 분석을 하면서 다양한 강의를 하다 보니 고객과의 응대뿐 아니라 직원들 간, 다른 부서 간의 전화 응대 때문에 마찰이 생기는 경우도 많다는 것을 알게 되었다. 내부 교류가 잘 안 되는 것이다. 전화상으로 업무를 진행하다 보면 말하는 어투나 표현법 때문에 상대방을 기분 나쁘게 하기도 한다. 나중에는 그것이 언어폭력으로까지 이어지는 심각한 상황도 생긴다. 청준 분석은 분석에서 끝나지 않고 앞으로의 행보를 더 명확하게 하는 데 큰 그림을 그릴 수 있게 해준다.

내가 하는 말에 힘을 실어주고 왜 이런 말을 하고 있는지의 근거를 뒷받침할 수 있게 한다. 강의를 듣고 실제 업무에 도움이 될 수 있도록 사례를 설명했다. 업무에 적용할 수 있는 방법을 알려드렸더니 적극적으로 경청하는 모습을 보였다.

강의를 듣는 직원들이 매 순간 전화 응대를 잘못하는 것은 아니며, 간혹 발생하는 실수를 사전에 예방하는 차원이라는 점도 잊지 않고 말씀드렸다. 잘했던 사례들을 바탕으로 만든 동영상도 함께 보여드렸다. 직원들이 얼마나 힘들게 일하고 있는지 알고 있다는 사실을 전달하는 동시에, 고객 또한 제대로 된 응대를 함께 나누어야 함을 강조하고 싶었다. 강의를 듣는 청중에게 처음부터 끝까지 훈계하듯 말하면 강의에 집중하기보다 거부감을 가질 수 있다. 이것 또한 강의를 하면서 알게 된, 청중 분석을 꼼꼼히 해야 하는 이유이다.

청중 분석을 통한 강의를 하고 감사의 말을 많이 들었다. 실제 업무에 많은 도움을 받았으며 직원들의 전화 응대 태도가 달라졌다고 했다. 스피치는 말을 하고자 하는 사람이 듣는 사람을 얼마나 알고, 어떤 의도로 말을 전달하고자 하는지가 중요하다.

'시청(視聽)'은 보는 것이고 '견문(見聞)'은 생각하면서 보는 것이라고 했다. 보는 것과 들여다보는 것의 차이인 것이다. 청중을 그냥 보지 않고 들여다볼 줄 아는 견문이 생겼을 때, 내가 하고 싶은 말이 아니라 청중이 들어야 하는 말, 듣고 싶은 말을 속 시원하게 할 수 있을 것이다.

당신이 더 폭넓은 스피치를 하기 위해 청중 분석을 통한 견문을 넓혀보길 바란다. 그렇게 쌓아올린 스피치 실력이 울림 있는 메시지가 될 것이다.

제4장

청중은
내 안의
독특한
스토리를
원한다

남들보다 특별한 경험을 찾아라

실연의 아픔을 경험해본 적이 있는가? 실패를 하고 다시 일어난 경험이 있는가? 누군가로부터 도움을 받아 인생이 달라졌는가? 어떤 이야기든 좋다. 저마다 경험한 수많은 스토리가 있을 것이다. 아주 평범한 보통 사람들에게 묻는다.

"당신의 삶에서 특별한 경험이 있습니까?"

대부분은 "아니요"라고 대답한다. 왜냐하면 자신의 이야기가 얼마나 많은 사람들에게 감동적인 스토리가 되는지 모르고 있기 때문이다. 특별한 경험이 없는 것이 아니라 그 경험을 이야기로 나누어본 경험이 없는 것이다. 스피치를 잘하고 싶은 사람일수록 자신만이 가진 스토리를 잘 찾는 것부터 연습해야 한다.

내가 가진 수많은 경험들을 어떤 이야기로 풀어나갈 수 있을지 고민해보자. 누구나 겪을법한 이야기가 아닌 특별한 경험이라면 더좋다. 혹은 평범한 이야기지만 특별한 깨달음을 발견했다면 그것도 좋다. 내가 왜 이야기를 하고 싶어 하는지 그 이유를 찾아보자. 내가 가진 스토리를 어떻게, 어떤 사람들에게, 어떤 목적을 가지고 전달 할지 생각하면 된다.

1999년 토스트마스터스 세계 대중 연설 챔피언 크레이그 발렌타인(Craig Valentine)은 이렇게 말했다.

"여러분이 청중과 절대 다르지 않다는 인상을 심어주어야 한다. 여기에는 특별한 방법이 필요하다. 사심 없이 청중과 스토리를 공유하는 것이다."

내가 특별히 잘난 사람이라 청중 앞에 나서서 말하는 것이 아니다. 그저 평범한 당신과 똑같지만 내가 가진 이야기들을 당신과 나누어보고자 한다는 마음이라는 식의 접근법이다. 사람들은 사실 자신의 이야기를 하기 보다는 다른 사람의 이야기를 듣고 싶어 한다. 자신을 다 내보여 주는 것을 부끄러워하거나 불편해 하는 것이다. 하지만 진심이 담긴 스피치를 위해서는 자신을 내보이지 않으면 청중도 마음을 움직이지 않는다.

강의를 하면서 사실 입 밖으로 가장 내뱉기 힘든 말이 '내 이야기'다. 처음 보는 사람들에게 나를 내보이기란 생각처럼 쉽지 않다. 이 사람들을 살면서 언제 또 만날지 모르는 일이라 여길 수 있지만 실상 그렇지도 않다. 어느 날 강의 내용 중에 '말'에 관한 이야기를 할 때였다. 같은 말이라도 어떻게 말하는가에 따라 달라진다는 내용을 전하고 있었다.

말할 때의 눈빛, 말투, 목소리의 크기를 다정하게 건네자는 것이었다. 40~50대 남자들이 많은 제조업체의 강의였는데 내가 말하는 중간에 누군가 불쑥 끼어들어 목소리를 높였다.

"거 참, 무슨 말인지는 알겠는데, 강사님처럼 고상한 직업에나 어울리는 소리 아닙니까?"

멀리서 듣고 있던 한 중년 남성도 내 말을 자르고 이야기했다.

"우리 같은 생산직에 있는 사람들은 기계 돌아가는 소리도 크고 시끄러워서 크게 말 안 하면 잘 안 들립니다. 기분 나쁘면 욱 하기는 해도 뒤끝은 없어요. 마음에 담아두지도 않습니다."

내게 강의를 의뢰한 담당자는 직원들끼리의 소통에 문제가 많아 내부 갈등이 고조되고 있다고 말했다. 그래서 대화법이나 언어 표현, 감정에 관한 이야기들을 나누고 싶다며 강의를 요청한 것이다. 근무 시작 시간이 8시인 곳에서 한 시간 이른 아침 7시부터 강의를 하고 있으니 빨리 끝내 달라는 무언의 압박처럼도 들렸다. 그런데 그때 문득 아버지 생각이 났다.

"저희 아버지랑 비슷하십니다. 아버지도 성격 급하고 목소리가 큰 경상도 분이시거든요. 빨리 빨리를 외치는 통에 아버지와 어디를 가려고 치면 늘 마음이 조급합니다. 늦게 준비하면 지체 없이 불호령이 떨어지거든요."

내 말을 듣고 몇몇 분이 웃어 보이시며 어색한 분위기가 조금은 누그러졌다. 실제 그랬다. 아버지는 기다리는 법 없이 어디 불이라도 난 마냥 성격이 급한 편이었다. 하지만 악의는 없고 마음이 여린 분이다. 대화법을 말하면서도 아버지 생각이 났었다.

중년 남자들이 가득한 장소에 여자 강사가 혼자서 강의를 할 때 느끼는 중압감은 느껴보지 않은 사람은 모를 것이다. 어색함이 그야말로 장난 아니다. 하지만 아버지 친구 분이라는 생각을 가지고 최면을 걸면서 강의를 하곤 했었다.

"네. 무슨 말씀이신지 알겠습니다. 업무상 주변이 시끄러우니 목소리를 크게 해야 잘 들린다는 거죠? 시끄러운 공장에서 상냥하게 말하라는 건 아니었습니다. 목소리를 주변 상황에 맞게 조절하시면 됩니다. 하지만 말할 때 나의 표정이나 눈빛도 한번 생각해보면 어떨까요? 목소리가 크지만 눈빛이 상냥할 수도 있습니다. 목소리가 작지만 표정에 짜증이 섞여 있을 수도 있습니다. 그런 이야기를 좀 나누고 싶습니다."

그분은 나의 대답에 어디 한번 들어보자는 무언의 싸인으로 손을 올려 보이셨다. 그렇게 나는 그분들과 아버지 이야기를 좀 더 나누었다.

"저희 아버지도 경상도 분이십니다. 아마 여기 계신 분들 중에 성격 급하기로는 세 손가락 안에 들 겁니다. 말도 빠르고 성격도 급하고, 심지어 욱 하기도 잘하십니다. 어릴 때는 그런 아버지가 이해가 안 되고 싫었습니다. 목소리가 커서 어떤 말을 해도 무섭게 느껴졌습니다. 그런데 크면서 마음은 그렇지 않은데 표현하는 방법을 잘 몰라서 그런 거라고 생각하니 이해가 되더라고요. 선물 사와서는 오다가 주웠다고 하는 게 경상도 남자 아닙니까? 그런데 여자들은 그런 표현 안 좋아합니다. 그래서 엄마가 아빠를 안 좋아하나 봐요."

그렇게 너스레를 떨었다. 그제야 이야기에 집중하는 눈빛들이 보이기 시작했다.

"제가 아버지에게 강의를 한 적은 없습니다. 하지만 아버지와 비슷한 연배의 분들이라 강의 준비를 하면서 아버지 생각을 많이 했습니다. 말투, 눈빛, 성격, 표현 방법 같은 것을 떠올려보았습니다. 또 내가 바라는 아버지의 모습도 그려보았습니다. 이럴 때 이렇게 말하면 좋을 텐데, 이런 목소리로 이렇게 표현하면 좋을 텐데, 하는 것들 말입니다."

말을 할 때 어떤 상황에서 욱 하게 되는지, 왜 소통이 힘들어지는지, 회사 내에서 소통이나 대화법이 왜 중요한지 준비한 강의를 순서대로 진행했다. 물론 생각했던 것보다는 우리 아버지 이야기를 더 많이 소개하면서 말이다.

내가 경험해온 아버지와의 이야기, 평범한 일상이지만 청중들에게 들려줄 수 있는 공감되는 스토리가 내 안에 있었던 것이다. 그저 나의 이야기를 했을 뿐이지만 진실한 스토리가 된 것이다. 준비한 자료들을 짚어가며 이야기할 때보다, 눈빛을 교환하고 내 이야기를 나눌 때 청중들은 훨씬 집중하는 모습을 보였다. 고개를 끄덕이고,

공감하고, 질문을 주고받으며 소통의 장이 되었다. 어떤 분은 내 또래의 딸이 있는데 마치 딸아이의 일기장을 훔쳐본 기분이 든다는 말씀을 하셨다. 평소 무뚝뚝했던 아버지가 강의 내내 딸의 마음을 생각해본 것이다. 퇴근하고 오늘 강의에서 들었던 이야기를 딸에게도 해주어야겠다며 고맙다는 말씀도 하셨다.

누군가의 이야기를 듣고 눈물을 흘려본 적이 있는가? 내 일이 아니지만 분노하거나 화가 나 주먹을 불끈 쥐어본 적이 있는가? 그 사람의 말에 깊이 공감했다는 뜻이다. 기억에 오래 남는 스피치는 반드시 '공감'의 요소가 들어 있어야 한다. 모든 이야기가 사실을 중심으로 한 이성적인 내용이라고 하더라도 반드시 감성적인 요소가 존재해야 한다.

사람의 마음을 움직이는 이야기라야 완벽한 모습을 갖춘 스토리라고 할 수 있다. 그 이야기를 들으며 함께 긴장하고, 공감하고, 집중하게 되는 요소가 있어야 한다. 이후로도 나는 남들보다 더 특이한 곳에서 특별한 강의를 한 것이 아니다. 그저 평범한 곳에서 일상적인 사람들을 만나고 이야기를 나누어왔다. 하지만 매순간 특별했다. 그들만이 가진 이야기가 있고, 또 그들과 공유할 수 있는 나만의 이야기를 함께 나누었기 때문이다.

스피치를 위해서 주제를 정했다면 그 주제에 맞는 나만의 경험을 떠올려보자. 수많은 세월 안에 자리 잡은 흥미로운 경험들이 분명

존재한다. 그리고 다른 사람들에게 그 이야기가 특별함으로 나눌 수 있는 주제가 될 수 있다.

오늘 하루를 그저 평범한 일상 중 하루로 생각할 수 있지만 특별하다고 생각하면 다시는 돌아오지 않는 시간임을 깨닫는다. 내가 경험한 수많은 나만의 이야기를 되짚어보자. 거기에서부터 내 이야기가 시작된다. 남들보다 특별한 경험을 찾아보라 했지만, 사실은 평범함 속에 특별함이 있다는 것을 말하고 싶었다.

누군가에게 전할 메시지가 있는가? 그것만으로 나는 특별함을 가진 사람이다. 이제 사람들 앞에 서서 내 이야기를 특별하게 잘 전하기만 하면 된다.

secret 02
스토리에는 힘이 있다

퇴근 후 바로 집에 들어가기 싫은 날들이 있었다. 그럴 때면 마음 맞는 친구에게 연락을 한다. 그리고 가까운 곳에서 열리는 작은 강연이나 공연들을 검색했다. 매번 만나는 친구와는 커피를 앞에 두고 수다로 시간을 채우게 된다. 그래서 둘이 아닌 다른 사람들의 이야기를 들어보는 것이 꽤나 재미있는 나름의 자기 계발 시간 같은 것이었다. 그 날은 대학교 앞 한 스퀘어에서 열린 강연으로 기억한다. 커피 한 잔을 마시며 가볍게 참석했다. 분위기는 편안했지만 강렬했던 강연자를 거기서 만났다.

그는 자신을 패션 디자이너라고 소개했다. 옷을 만드는 디자이너를 떠올리기 쉬운데 자기를 소개하는 화면 속에는 'Passion Designer'라고 적혀 있었다. 열정을 디자인하는 사람이라며 자신을 소개한 것이다.

어릴 적 피자가게를 운영하시던 부모님을 돕기 위해 피자 배달을 했던 이야기를 했다. 그는 어느 날 손님이 피자 값 1만 5,000원을 동전으로 주면서 '동전으로 드려서 죄송하다'는 말을 하더라는 이야기를 꺼냈다. '왜 동전으로 주는 걸 죄송하게 생각하는 걸까?' 하는 의문에서 아이디어를 얻어 'Let's coin campaign'을 만들었다고 한다.

'여러분의 동전 사용을 환영 합니다' 하는 콘셉트의 홍보 전단지를 만들어 붙였다. 그리고 잔돈은 무조건 새 돈으로 거슬러주기도 하면서 다른 피자 가게와 차별화된 홍보를 했다. 그의 신선하고 재미있는 일화는 청중인 나로 하여금 이야기에 집중하도록 하는 힘이 되었다.

나도 배달음식을 시키고 동전을 주면서 머쓱했던 경험이 있었다. 그런 소비자의 마음을 잘 배려한 콘셉트의 홍보라면 좋은 아이디어라는 생각이 들었다.

또 집에서 흔히 볼 수 있는 세탁소 옷걸이로 만든 독서대 아이디어도 선보였다. 그는 그 자리에서 몇 분 걸리지 않아 옷걸이로 독서대를 만들기 시작했다. 옷걸이를 한참 살펴보니 옷걸이 모양이 & 모양과 같아 보여 잘 만들면 & 모양의 책 거치대를 만들 수 있지 않을까 생각했다는 것이다. 간편하면서도 특별한 디자인을 가지고 있는 재미있는 모습이었다. 흔히 볼 수 있는 옷걸이를 가지고 또 다른 아이템이 탄생하는 것을 보며 놀라웠다.

그는 평소 생각이 떠오를 때마다 꼼꼼하게 메모하는 습관을 가졌다고 했다. 자신의 메모 수첩을 여러 권 가지고 나와 사람들에게 보여주기도 했다. 만들고 싶은 아이디어 상품이 있거나 생각나는 내용들은 놓치지 않고 수첩에 기록을 한다는 것이다. 그리고 이를 현실화시키기 위해 생각을 정리하는 시간을 가진다고 했다.

수첩에 빼곡히 적어둔 아이디어들과 실제로 현실화 될 수 있는 모습들이 대단해 보였다. 새로운 생각이 날 때마다 고민한 흔적도 보였다. 생각을 순서 없이 나열해 두기도 하고, 주제를 정해 더 세밀하게 기록해 두기도 했다. 그렇게 일기처럼 적어둔 아이디어 노트는 글과 그림으로 빼곡했다. 그가 오랜 시간 고민한 흔적들을 엿볼 수 있었다.

마치 누군가의 머릿속을 들여다보는 듯 신기하고 재미있는 그의 아이디어 노트 역시 청중인 우리가 강의에 집중하게 만드는 매개체가 되었다.

그 강사의 스토리는 내 강연 노트에 2013년 1월로 기록되어 있다. 벌써 오래전 들었던 이야기지만 지금도 옷걸이를 보거나 피자 배달을 시킬 때 문득 강연에서 들었던 이야기가 떠오른다. 이것이 내가 말하고 싶은 '스토리의 힘'이다. 스피치를 준비하는 사람이라면 이러한 스토리의 힘을 알고 준비해야 한다.

삶을 변화시키는 재미있는 아이디어와 나만의 스토리는 무한대이다. 다만 내가 들여다보지 않았을 뿐이다. 내 이야기가 힘을 가지고 있음을 그동안 인식하지 못했을 뿐이다.

자기소개를 들어보면 그가 가진 스토리의 힘이 가장 잘 드러난다. 몇 년도에 어디에서 태어났고, 형제관계가 어떻다로 시작하는 자기소개는 집중력을 잃게 하고 청중의 관심을 분산시킨다. 자신의 일대기가 아닌 자신의 스토리를 말해야 한다. 사람들은 또 반문할 것이다. 자신은 평범해서 특별한 스토리가 없다거나 딱히 생각이 안 난다는 식으로 말이다.

살아오면서 완벽한 사람이 없다. 똑같은 이야기를 가진 사람도 단 한 명도 없다. 유일무이한 '나'의 인생에 남들과 똑같은 소개는 당연히 있을 수 없다. 인간관계의 교훈, 재미있는 실수담, 멋진 도전으로 이룬 성취, 가족들과의 에피소드 등 어떤 것이어도 좋다. 사람들에게 나를 상기시킬 수 있을만한 이야기를 떠올려보자. 스토리도 그냥 떠오르는 것이 아니다. 아이디어 노트처럼 기록하고 메모하면서 어떤 스피치에 어떤 스토리가 어울리는지를 고민해보는 스토리 개발이 필요하다.

자기 안에 존재하는 수많은 스토리를 놓치지 않기 위해서 매일같이 스토리를 생각하고 또 생각하는 연습을 해보자. 자기만의 이야기로 충분하지 않다면 다른 사람들의 이야기를 많이 들어 보는 것도 좋다. 버스 정류장에 앉아 있다 보면 옆 사람들의 대화를 듣게 된다. 몰래 훔쳐보는 것과 달리 그냥 자연스럽게 들리는 대화를 듣게 되는 것이다.

오늘 만났던 친구의 사소한 고민이나 소소한 연애담도 좋다. 라디오에서 소개되는 사연들 속 이야기도 좋다. 무엇이 되었건 남의 스토리를 많이 듣고 나도 비슷한 경험이 있었는지 떠올려 보자. 스토리가 어떤 교훈이나 아이디어들을 얻게 만들었는지도 생각해보자.

스토리 개발은 많이 듣고 많이 생각하는 것에서부터 시작한다. 말을 잘하는 사람은 책을 많이 읽었을 것이라고 추측하는 것도 그 때문일 것이다. 다양한 이야기와 그 스토리가 가지고 있는 힘을 스피치에 제대로 활용할 줄 알아야 한다. 영어를 잘하는 사람은 규칙을 암기하기보다 의미의 맥락을 잘 알아야 한다고 했다. 자연스럽고 의미 있는 읽기를 하고 문맥 속에서 반복하는 말들을 접해본다. 그래야 진짜를 알게 되는 것이다.

관심 있는 글을 읽기 위해서는 주제를 이해하고, 모르는 단어는 찾아보고, 전체를 이해하는 순서대로 공부를 하라고 했다. 다양한 종류의 글을 많이 읽는 것이다. 모두 이해하지 않아도 많이 읽기부터 시작해보는 것이다. 내게는 스토리가 없다고 생각된다면 다른 사람들의 스토리를 많이 들어보면서 다듬어 나가는 연습을 하는 것 또한 도움이 된다.

스피치에 있어 스토리는 전부라고 해도 과언이 아니다. 옷걸이라는 평범한 아이템도 스토리가 있으면 유일무이한 상품이 된다. 그는 자신의 이야기에 일상 속 아이디어를 더해 공감되는 스토리로 만들어 냈다. 힘이 있는 스토리는 청중이 말하는 사람이 누구였는지 오랫동안 기억하게 해주는 요소가 된다. 시간이 지나고 30대의 남자, 키 크고 안경을 쓴 여자, 이런 식의 이미지를 기억하는 것이 아닌, 그 사람의 진짜 이야기를 생생하게 기억하는 데 한몫을 하게 된다.

당신이 스피치를 잘하고 싶다면, 제대도 된 스토리로 스피치를 하고 싶다면, 나만의 알찬 스토리를 찾으라. 내 안에 있는 이야기가 무엇인지 궁금해 하는 그들에게 지식보다 더 값진 경험들을 선물해줄 수 있다. 내 안의 스토리가 가진 능력을 경험하게 될 것이다. 스토리의 힘이 스피치를 할 수 있게 하는 토대가 될 것이다.

secret 03
핑퐁대화를 연습하라

핑퐁대화에 관한 이야기를 하기에 앞서 탁구 이야기를 먼저 해볼까 한다. 내가 하고자 하는 핑퐁대화가 탁구의 기술 중에 '랠리'라는 것과 닮아있기 때문이다. 랠리는 상대방과 공을 주고받기를 반복하는 것이다. 바닥에 떨어뜨리거나 탁구대 밖으로 나가지 않고 공중에서 공을 반복적으로 주고받는 것을 본 적이 있을 것이다. 공이 오갈 때 상대와 나의 중요한 기본은 바로 조화를 이루는 힘이다.

이것을 탁구 관련된 어떤 블로그에서 'x+y=10'이라고 표현한 글을 본 적이 있다. 상대가 7의 힘을 실어 보내면 나는 3의 힘으로 받아주고, 상대가 6의 힘으로 되돌려주면 나는 4의 힘으로 치면 된다는 것이 바로 'x+y=10'의 조화라고 했다. 만약 상대가 보낸 힘보다 더 강하게 친다면 조화가 깨지고, 상대의 중심을 무너뜨려 리듬도 깨지게 된다. 이렇게 스포츠 속에서도 조화와 법칙이 존재하는 것이다.

그럼 랠리에서 가장 중요한 것은 무엇일까? 자신이 감당할 수 있는 힘으로 공격하는 것이다. 수비할 수 있을 만큼의 힘으로 공격하는 것을 말한다. 스피치에서 말하는 핑퐁대화는 어떤 것일까? 상대방과 나의 대화가 툭툭 끊어지지 않고 자연스럽게 이어지는 것을 말한다. 말 그대로 주고받는 대화 속에 스피치 능력이 숨어 있다.

몇 해 전 친구에게 소개팅을 주선했다. 남자는 사람들이 모이면 분위기를 잘 주도하던 학교 선배였고, 여자는 평소 유쾌한 사람을 소개받고 싶어 했다. 그런데 소개를 받은 여자 친구는 불만 섞인 뒷이야기를 해주었다.

"어땠어? 그 선배 엄청 재미있는 사람이라 어색하고 그런 거 없었지?"

아무 걱정 없이 물었던 내게 친구는 오히려 의외의 대답을 했다.

"응, 어색하기는커녕 귀가 아팠어. 혼자 어찌나 말을 많이 하시던지 1시간 동안 가만히 앉아 듣기만 하고 왔어."

첫 인상도 좋고, 초반에 어색하지 않게 이야기를 잘 이끌어 가는 것 같아서 어쩐지 느낌이 좋았단다. 그런데 시간이 지날수록 남자 선배는 본인 이야기만 끊임없이 늘어놓았다는 것이다. 상대방이 궁금해 하는 이야기나 질문을 할 틈을 주지 않고 쉴 새 없이 말을 한 것이다. 아마도 긴장한 선배가 어색해지는 분위기를 못 견뎌 평소보다 말을 많이 했을 것이라며 친구에게 선배 편을 들었다. 하지만 몇 번 더 만나보더니 친구는 똑같은 말을 했다.

"좋은 사람 같은데, 아무래도 나랑은 대화가 안 통하는 것 같아."

친구가 말하는 대화가 통한다는 것은 무엇일까? 말이 많은 사람보다 대화가 통하는 사람을 만나고 싶다는 것이다. 많은 사람들이 이상형이 누구냐는 질문에 대화가 잘 통하는 사람이라는 말을 한다.

어느 책에선가 누구와도 말이 잘 통하는 사람을 '반도체칩'에 비유한 것을 본 적이 있다. 성능이 좋고 여러 기기들과 호환이 가능해서 휴대폰, 카메라, 게임기 등에 모두 통하는 반도체칩은 값이 비쌀 수밖에 없듯이 사람도 다르지 않다는 것이다.

말이 통하는 사람이 되어야 사람과의 관계에서 제대로 된 커뮤니케이션 활동을 할 수 있다는 것이다. 나도 그 말에 매우 공감했다. 스피치 코칭을 하면서 자주 강조했던 말이 스피치를 잘하려면 누구와도 말이 통하는 사람이 되라는 것이었다.

대화가 잘 통하려면 누구와 하든지 대화가 자연스러워야 한다. 혼자 튀지 않으며, 자신의 이야기만 주장하지 않는 것이 첫 번째 핵심이다. 그리고 두 번째는 서로간의 대화 속에서 관심을 가지고 잘 들어주는 것이다. 그러니 말하기보다 더 어려운 것이 잘 듣는 것, 그리고 잘 반응하는 것이다.

자신과 가장 가까이에 있는 사람을 떠올려보면 내가 얼마나 말이 통하는 사람인지 알 수 있다. 나는 남편과 대화를 나눌 때 '나도 아직 누구에게나 말이 통하는 사람은 아니구나' 생각할 때가 있다. 남편은 나서서 말하기를 좋아하기보다 들어주는 편이다. 그런데 핑퐁대화를 생각하면 대화에 있어 나는 늘 불만을 가지게 된다. 들어주기만 할 뿐 적절한 리액션이나 되받아 하는 질문이 거의 없기 때문이다. 그러니 잘 듣고 있는지 자주 되묻게 된다.

"진짜? 그래서 어떻게 됐어? 정말?"

이렇게 뒷이야기를 계속 하게끔 만드는 액션이 없다. 가끔 나 혼자 신나서 말을 하다가 반응이 없으면 "나 지금 누구랑 이야기를 하고 있는 건지 모르겠다."며 괜스레 말을 흐리거나 짜증을 내버리기 일쑤다. 그런 나에게 남편은 오히려 하고 싶은 말 다 해놓고 괜히 저런다며 또 별것 아닌 일인 듯 대수롭지 않게 넘긴다. 그러다보니 깊은 마음속 이야기나, 하고 싶은 말들을 다 하지 못한 기분이 들 때가 있다.

반대로 남편에게 물어보면 어떨까? 내가 했던 말이 별로 듣고 싶지 않은 주제였거나, 흥미롭지 않았던 것일지도 모르겠다. 서로간의 대화를 나눌 때 자신만의 이야기를 늘어놓지는 않는지, 관심 있는 대화의 리액션을 잘 이끌어내는지를 살펴볼 필요가 있는 것이다.

핑퐁대화는 말하는 사람과 듣는 사람이 같은 주제 속, 같은 생각을 가지고 있을 때 더 오래도록 가능하다. 한 사람이 그게 아닌데 하면서 말에 딴죽을 걸거나, 자기주장만 펼치거나, 상대방의 이야기를 끝까지 들어줄 마음 없이 도중에 가로채기를 해버리면 핑퐁대화는 단숨에 끝나고 만다. 그래서 여자들은 남편보다는 친구들과의 수다를 더 좋아하는지도 모르겠다. 여자들의 대화를 들어보면 절반이 리액션이다. 맞장구와 질문을 해가며 대화를 매끄럽게 이어가는 것이다.

"아, 정말?"

"진짜? 그랬구나."

호응이 기본이고, 그 이후에 어떤 일이 있었는지 궁금해 하며 끊임없이 이야기가 이어진다. 제대로 된 커뮤니케이션에서의 호응은 관심과 반응으로 이어진다. 상대방이 어떤 말을 하는지, 어떤 이유로 말을 하고 있는지, 어떤 반응을 해주어야 하는지는 따로 공부하는 것이 아니다. 평소 상대방에 대해 얼마나 알고 있고 얼마나 관심을 가지고 있었느냐에 따라 호응의 질문도 달라지기 마련이다. 누군가와 대화를 나눌 때 어색한 공백의 시간이 느껴진 적이 있는가? 그럴 때 그 공백의 시간을 어떤 대화로 풀어나갔는지를 생각해 보자. 혹은 어색함이 전혀 없었다면 어떤 주제들로 이야기 했는가를 떠올려 보자. 공백의 시간을 깨는 것 또한 생각처럼 쉽지 않다. 해보지 않으면 누구도 할 수 없다. 공백이 있었는데 전혀 느끼지 못하는 사람도 있다. 습관처럼 말하기도 몸에 익숙해지는 것이다.

때에 따라 침묵이 답이 될 때도 있다. 하지만 스피치를 위한 연습에서 침묵보다는 호응과 핑퐁대화에 더 집중할 필요가 있다. 상대가 나에게 말하고자 하는 바를 적절히 듣고 응답할 만큼의 힘을 준비하고 있어야 한다.

탁구에서 랠리 위주의 플레이는 화려하진 않지만 안정적이다. 실제로 그들은 지속적인 훈련을 통해 랠리가 가능하다. 자신만의 파워로 상대방을 살피며 랠리를 하고 있는 것이다.

스피치를 위한 훈련을 혼자만의 말하기 연습이라고 생각해서는 안 된다. 누군가와 함께 하는 말하기를 떠올려 보자. 대화, 수다, 토론, 면접, 전화 등 어떤 것이든 함께 하는 말하기에서 스피치를 자연스럽게 익히는 것이 중요하다. 이러한 말하기 훈련을 지속적으로 해나가자.

스포츠 선수가 훈련을 하는 것처럼 생각하면 된다. 몸이 아닌 상대의 마음과 내 입으로 훈련한다고 생각해 보자. 상대를 잘 알아차리고 적극적인 반응을 하는 것이 중요하다. 그 다음 이어갈 말들을 적절히 할 수 있는 연습을 하는 것이다. 생각만큼 쉽지 않다. 혼자 말하기보다 더 힘들지도 모른다. 훈련은 내 몸에 익숙해질 때까지 게을리 해서는 안 된다.

습관처럼 쌓여 실력이 된다. 대화 속 스피치가 익숙해지는 순간이 찾아온다. 조화로운 핑퐁대화 속에서 나의 스피치 실력이 향상되어 간다. 핑퐁대화를 끊임없이 주고받을 수 있을 만큼 말이 통하는 사람을 많이 만들길 바란다. 말이 통하는 사람만큼 매력적인 사람도 없다.

secret 04
내 이야기를 궁금하게 만들어라

좋아하는 배우가 출연하는 새로운 프로그램이 있다면 찾아보게 된다. 평소 즐겨보던 작가의 책은 제목만 보고도 집어 든다. 사람들은 무언가 끌리고 궁금해져야 찾아보게 된다. 관심을 가지는 것에 눈이 끌리고 마음이 가는 것이다.

누군가 내 앞에서 스피치를 한다. 그 사람이 어떤 이야기를 할까 궁금해지지 않으면 스피치를 끝까지 경청하기 힘들다. 무플이 악플보다 무섭다는 말도 있지 않는가? '안물안궁'이다. '안 물어봤어, 안 궁금해!' 하는 것만큼 무서운 것이 없다. 스피치 하는 사람들은 어떤 내용을 말해야 듣는 사람으로 하여금 관심을 끌 수 있을까?

사람들은 말하는 사람이 내려놓고 편히 말하는 '나'를 궁금해 한다. 다른 어디에서나 있을법한 뻔한 이야기는 내가 아닌 누구라도 할 수 있다. 결과가 예측되는 것만큼 시시한 이야기가 또 있을까? 말하는 사람이 자신만이 가진 '나'를 이야기 하는 것이 힘을 가지는 이유다.

직장에 다닐 때 행복 전도사라고 불리던 과장님이 생각난다. 외모는 이웃집 아저씨처럼 친근한데 일할 때의 모습은 카리스마 넘치는 전문가 같았다. 그런 과장님의 특징은 업무용 메일 맨 아랫부분에 행복과 관련된 명언 몇 줄을 꼭 적어 보낸다는 것이었다. 보통은 직책, 이름, 회신 연락처 정도의 정보만 간략하게 적어두는데, 그 과장님은 매번 다른 내용의 문구를 넣어가며 메일을 보내왔다. 처음에는 무심코 넘겼다. 과장님과 주고받는 메일이 쌓이면서 궁금증이 더해갔다. 어떻게 매번 이렇게 다른 내용의 문구를 찾아서 보내시는 걸까? 행복에 대해 생각을 많이 하셔서 온화한 미소가 트레이드마크가 된 걸까? 조금씩 궁금증에 쌓여갈 때쯤 재미있는 이야기를 듣게 되었다. 신입 시절의 과장님 별명은 '투덜이'였다는 거다. 지금 생각하면 전혀 그런 이미지가 떠오르지 않았다. 늘 웃으면서 사람들에게 좋은 인상을 보이는 과장님이 투덜이였다니, 믿기지가 않았다. 주변에 꼭 그런 사람이 있다. 뭘 해도 불만을 갖고 투덜대는 사람들 말이다.

"이건 왜 이렇게 해야 하죠?"

"안 하면 안 되나요?"

"그건 제 담당이 아닌데요."

조금의 불이익만 생겨도 불만을 갖는 사람들이다. 이래도 불만 저래도 불만이다. 그들의 말에는 늘 부정어와 짜증이 섞여있고 주변 사람들에게까지 부정적 영향이 전파된다. 그런데 과장님은 그런 투덜이에서 어떻게 행복 전도사가 된 것일까? 과장님과 우연히 회식자리에 동석하면서 그 연유를 여쭤보게 되었다.

"과장님, 언제부터 행복 전도사가 되신 거예요? 예전에는 투덜이라는 별명이 있었다는데, 진짜예요?"

과장님은 "내가 살려고 발버둥을 치다 보니 행복해야 되겠더라고" 하시면서 자신의 이야기를 해주셨다.

"입사 후 열심히 일했는데 매년 승진에서 떨어지면서 나도 모르게 투덜투덜 불만이 많아지더라고……. 회사 다니는 것도 재미없고, 업무는 부담스러워지고, 하루하루가 고통스러웠어. 그러다보니 모든 일이 하기 싫었어. 만나는 사람들마다 이런저런 불만을 이야기하게 되었지. 정신 차리고 보니 투덜이가 되어 있더군. 서점에 가서 무심코 달력처럼 만든 명언집 한권을 사들고 왔어. 그리고는 매일 달력을 넘기면서 거기에 적힌 좋은 글귀와 명언을 읽어보면서 생각을 다르게 해보자, 마음먹었지."

그게 처음 시작이라고 했다. 좋은 글귀를 눈으로 읽으면서 자신의 마음과 생각이 달라지는 걸 느끼게 되었다. 그리고 다른 사람에게도 전파하고 싶다는 생각을 했다는 것이다. 그렇게 이메일에 그날의 명언을 적어 넣었는데 그게 벌써 몇 년째 습관처럼 이어지고 있는 것이다. 이런 과장님의 이야기는 사내보에 소개되고 과장님은 더 유명세를 타게 되었다. 투덜이가 아닌 행복 전도사로 말이다. 그리고 얼마 후 여직원 세미나에서 과장님은 〈직장 내 행복〉이라는 주제로 1시간가량 강연을 하기도 했다. 자신이 경험했던 일을 바탕으로 변화된 모습을 자신 있게 보여주셨다. 과장님은 마음먹기에 따라 행복은 가까이에 있다는 것을 다른 사람에게도 꼭 전하고 싶었다고 하셨다. 이메일이 아닌 강연으로 이렇게 말할 수 있는 기회가 와서 감사하다는 말도 잊지 않으셨다.

조금은 색다른 이메일 하나로 자신의 이야기를 할 수 있는 기회가 온 것이다. 자신의 이야기가 있고, 그것을 말할 준비가 되어 있으니 기회도 잡은 것이다. 평소 나의 경험이 누군가에게는 새로운 자극이 될 수 있다. 내가 겪고 있는 지금의 삶이 그저 평범하고 별 볼일 없다 여기지 말자.

나만이 겪은 이야기는 누군가에게는 새로움이다. 과장님이 지나온 시간을 되짚어 가며 한 마디 한 마디 말할 때, 그 진심이 느껴졌다. 후회했던 시간들과 반성의 이야기들이 후배들에게 좋은 교훈으로 다가왔다.

모든 스피치는 자신의 이야기를 궁금하게 만드는 것에서 시작한다. '왜 그럴까? 어떻게 그럴 수 있지?' 하는 물음에서부터 시작된다. 호기심을 자극하거나 내용 중에 공감되는 메시지가 있다면 더 좋다. 들으면 들을수록 결말이 궁금해지는 것이다. 전개의 흐름이 분명한 스피치가 청중의 눈과 귀를 즐겁게 집중시킬 수 있는 것이다.

청중 앞에 나서서 말을 하는 것은 어렵다. 내 이야기를 하나도 놓치지 않고 집중해서 듣게 하는 기술은 그보다 더 어렵다. 반복해서 말하지만 결론은 같다. 청중은 스토리를 원한다. 내가 가진 나의 이야기를 나누자. 그 이야기 속에 공감할 수 있고 궁금해 할 만한 요소들이 있어야 한다는 사실도 잊지 말자.

말하기를 연습하면서 반드시 해야 할 것은 스토리를 연구하는 것이다. 현재에 안주하고 머무르게 되면 스토리도 멈춘다. 말하는 스스로가 지겨울 만큼 매번 똑같은 이야기만 하게 될지 모른다. 더 높은 수준의 더 적절한 스토리를 알차게 구성하는 것이야말로 탄탄한 준비 과정이다.

한곳에 머무르지 말고 연습하자. 변화하고 발전된 모습을 보여야 사람들도 나를 궁금해 한다. 어떻게 변화하고 있는지, 어떤 마음가짐을 가진 사람인지, 전하고 싶은 메시지는 무엇인지 말이다. 사람들에게 나를 더 궁금하게 만들어라. 그리고 나만의 이야기를 나만의 스피치로 알려보자.

청중과 공감되는 원고를 써라

우리는 타인의 단순한 성공담보다는 고생담에 더 공감하는 경향이 있다. 예전에는 이만큼 힘들었지만 지금은 이를 극복했다는 식의 진부하지만 공감되는 이야기 말이다. '나도 지금 힘들지만 저 사람이 해냈듯이 나도 할 수 있어!' 하는 의지를 가지게 되는 그런 이야기들이다. 내 이야기를 듣는 청중은 누구인지, 그들이 공감할 수 있는 이야기를 하고 있는지를 생각해보자. 나는 어려움을 극복한 적이 있는가? 있었다면 어떻게 극복했는가? 그 과정에서 내가 알게 된 점은 무엇인가를 생각해보자는 것이다.

이런 식의 꼬리 물기 생각을 통해 청중을 분석할 수 있다. 이 과정에서 그들이 공감할 수 있는 이야깃거리를 찾게 된다. 그렇게 분석을 통한 주제를 가지고 원고를 써야 한다. 그들이 궁금해 하는 메시지를 찾고, 대답을 준비하는 것이다. 내 이야기를 듣는 사람들에게 어떻게 반영될지를 고민하자. 그들에게 어떤 변화가 생길 수 있는지 큰 그림을 그려보면서 원고를 쓴다.

청중을 잘 분석하고 나누어서 공감 만족도가 높은 강의를 했던 적이 있다. 오픈한 지 1년 정도 지난 음식점 사장님이 CS 강의(고객만족 서비스 강의)를 의뢰해왔다. 처음 생각했던 만큼 매상이 오르지 않아 직원들에게 CS 교육이 필요할 것 같다는 것이었다. 무엇보다 고객들이 서비스를 중요하게 생각하니 직원들에게 철저하게 교육을 하고 싶다고도 했다. 우선 음식점의 현재 상황을 살펴보는 것이 중요했다. 손님처럼 식당에 가서 음식을 주문하고 고객들이 느낄 수 있는 서비스에 대한 모니터링을 시작했다. 음식점 입구에서부터 자리를 안내받고, 메뉴를 주문하고, 음식을 다 먹고 나가는 순간까지 고객의 입장에서 서비스를 살펴보는 것이다.

이때 인사, 복장, 질문에 대한 응대 말투 등 다양한 서비스를 분석하게 된다. 그런데 의외의 모습을 발견했다. 옆 테이블에서 주문을 했는데 오랜 시간 음식이 나오지 않았다. 직원이 실수로 주방에 주문서를 넣지 않았던 것이다.

손님은 화가 나서 처음 주문했던 직원을 불러 짜증을 냈다. 직원은 사과의 말씀을 드리고 손님은 이해하겠다며 좀 더 기다리겠다고 했다. 그런데 사장님이 직원을 불러 다른 손님들도 다 보이는 홀에서 큰 소리로 야단을 치지 시작했다. 직원은 연신 고개를 숙이며 죄송하다는 말을 했지만 사장은 거기서 그치지 않았다. 직원이 잘못한 일 뿐만 아니라 다른 직원들이 서비스 실수를 했던 지난 일을 꺼내가며 야단치기를 10여분, 계속 큰 소리가 나면서 다른 손님들까지 이목을 집중하기 시작했다. 조용히 식사를 하고 싶었지만 오히려 사장과 직원의 대화가 식사를 방해하는 모습이 되어버린 것이다.

이후에도 사장님은 직원들을 졸졸 따라다니며 잔소리를 하는 모습을 보였다. 초보 아르바이트생이 있어 일을 가르친다는 이유에서였는데 자꾸만 눈길이 갔다. 가르친다는 느낌보다 야단을 치거나 훈계하는 느낌이 더 강했다. 일하는 직원들에게서는 사장의 눈치를 보느라 지쳐있는 모습이 역력했다. 그렇게 주눅이 들어 있으니 손님을 대할 때 웃으며 여유 있는 모습을 보이기란 애당초 어려워 보였다.

식당 모니터링을 끝내고 강의를 준비할 때 청중을 두 분류로 나누었다. 의뢰받은 건 직원들을 위한 CS 교육이었지만, 사장님에게도 나름의 CS 교육이 필요하다는 생각했기 때문이다. 사실 사장님 입장에서는 모든 사람들이 고객이 된다. 직원도 일을 할 때에는 직원이지만 업무가 끝나고 식당을 나가는 순간 고객이 될 수 있는 것이다. 직원들이 자신의 사장에 대해 불만을 이야기하게 되면 식당에 대한 불만을 말하는 것과 같다. 그 직원에게 불만을 들었던 친구들이 그 식당에 가서 음식을 먹을 확률은 얼마나 될까? 거의 제로에 가깝다. 그런데도 그 사장님은 직원들만 서비스를 잘하면 된다는 잘못된 생각을 하고 있었던 것이다. 조심스럽게 사장님에 대해서도 언급했다. 강의를 준비하면서 청중이 누구인가를 먼저 분석하는데, 직원들만 듣는 것이 아니라 사장님도 함께 듣는다고 하셔서 사장님께도 몇 가지 전할 말이 있다며 운을 띄웠다. 식당의 서비스를 위해 사장님이 지켜야 할 사항, 직원들이 주의해야 할 사항 등으로 나누어 모든 직원들이 주인의식을 가지고 책임감 있게 서비스를 해야 하는 이유에 대해서도 차례로 언급했다.

강의 내용은 전부 내가 모니터링 했던 사실을 바탕으로 이루어졌다. 실제 직원이 했던 행동, 말투, 서비스 내용들을 토대로 설명을 했으니 더할 나위 없이 반응이 좋았다. 왜 그런지 이유를 설명하고 고쳐야 할 부분에 대해서도 언급했다. 사소하게 놓치는 부분들도 고객의 입장에서 이해한다면 제대로 된 서비스를 할 수 있는 것이다. 사장님 또한 마찬가지였다. 자신의 감정이 앞서 직원들을 가르친다는 생각만 했지 고객 입장에서 서비스를 놓친 셈이다. 강의 마지막에는 벤저민 프랭클린(Benjamin Franklin) 의 말을 인용했다.

"손님을 접대하는 주인의 악수가 고기 맛을 결정합니다."

강의 이후 직원들의 반응이 뜨거웠다. 누군가는 말하고 싶었던 것이다. 직원들의 서비스뿐만 아니라 사장님이 직원들을 대하는 태도 또한 서비스가 된다는 사실을 말이다. 그러나 직원으로서 불이익을 당할지도 모를 일이라는 생각에 아무도 말하지 못했다.

그들의 가려운 곳을 긁어준 셈이 되었으니 직원들 또한 더 열심히 서비스할 마음가짐을 가졌다고 대답해 왔다. 모든 행동에는 이유가 따르는 법이다. 직원들의 행동에서는 환경적인 주변 요소들이 잠재해 있었던 것이다. 듣는 사람이 누구인지, 어떤 상황인지를 제대로 분석하여 좋은 결과를 얻었다.

이야기를 할 때 청중 분석을 먼저 하는 이유가 이 때문이다. 청중과 공감되는 이야기를 해야 그들이 얻어갈 수 있는 메시지도 많아진다. 스피치가 제대로 된 방향으로 가고 있는지 궁금하다면 청중과 이야기의 공감도를 생각해보자.

대부분의 사람들은 자신의 이야기를 자기 방식대로 말하는 경향이 많다. 청중이 듣고 싶어 하는 말보다 자기가 하고 싶은 말을 하는 쪽이 많다. 이렇게 매번 들어도 똑같은, 그렇고 그런 말이 되어버리면 안 된다. 같은 말을 반복하지 말고, 청중들이 듣고 싶어 하는 말을 찾아야 한다. 이럴 때는 이렇게 하면 된다는 식의 구체적인 설명이 필요한 경우도 있다. 적절한 사례와 예시를 통해 알아듣기 쉽게 설명하는 것도 좋은 스피치의 방법이 된다.

공부를 잘하는 사람은 자기가 많이 알고 있는 사람이고, 그보다 더 공부를 잘하는 사람은 자신이 아는 바를 다른 사람이 알아듣기 쉽게 설명을 잘하는 사람이다. 내가 아는 만큼 다른 사람에게 쉽게 설명하기란 그래서 어려운 것이다. 청중을 제대로 분석해야만 그들이 듣고 공감할 수 있는 이야기를 만들어낼 수 있다.

　제대로 하는 스피치는 실력을 갈고 닦아야 한다. 말하기 실력뿐만 아니라 청중의 마음을 들여다보는 것 또한 실력이 된다. 제대로 그들을 들여다볼 준비가 되었다면, 이제 말하기를 위한 운을 띄워보자. 스피치의 성공 여부는 청중의 마음에 달려있다.

secret 06
생생한 에피소드로 승부하라

사람들에게 가장 자신 있는 이야기를 해보라고 하면, 보통은 자기가 실제로 경험했던 분야의 이야기를 하게 된다. 그 이야기는 자기가 전공으로 공부한 내용일 수도 있고, 경험을 했던 사업 분야의 이야기일 수도 있다. 많이 알고 있는 것, 많이 경험해본 적이 있는 분야의 이야기야말로 나만의 것이 된다. 아마도 그럴 것이라고 단순히 예상하는 것만으로는 자기만의 이야기를 만들어내기가 어렵다. 실제 몸으로 직접 경험해본 것이어야 길고 자세하고 사실적으로 이야기를 할 수가 있는 것이다. 실제로 알고 말하는 것과, 아는 척 하고 말하는 것은 비교조차 할 수 없다. 특히 그 경험의 생생함을 표현함에 있어서 말이다.

나는 아르바이트 경험이 많았다. 다양한 아르바이트를 하면서 겪었던 수많은 일화들이 있었다. 툭 누르면 우르르 쏟아질 만큼 많다고 생각한 적이 있을 정도다. 그래서 청소년들을 대상으로 강의를 할 때면 "아르바이트 해본 적 있어요?" 하는 질문 하나로도 몇 시간 동안 이야기를 나눌 수 있다고 말하곤 했었다. 상대가 아르바이트 경험이 없다면 왜 없는지, 있다면 어떤 아르바이트를 경험했었는지 물었다. 어떤 경험을 했는지, 어떤 점들이 가장 어려웠는지, 재미있었던 적은 없었는지, 다양한 질문을 하면서 대화의 장을 마련할 수 있었다. 이런 아르바이트 경험이 실제로 크게 빛을 발휘했던 적도 있었다.

6개월간의 장기 강의 투어를 할 때였다. 여러 지역에 지점을 두고 있는 음식점이었다. 체인점이 많다 보니 지점별로 돌아다니면서 서비스 강의를 진행해야 했다. 사실 똑같은 음식점이고 지점만 달라지는 것이니 원고를 한 번만 만들어두면 쉽지 않겠느냐고 생각할 수도 있다. 강의를 의뢰하는 분도 그렇게 말했었다.

하지만 실상은 달랐다. 매번 지점마다 강의를 듣는 사람들의 인원 수, 연령대, 성별, 근무 분야들이 모두 달랐기 때문에 사실은 청중 분석부터가 가장 어려운 도전이었다. 한두 번 강의를 하면서 고민에 빠졌다. 일하시는 분들의 업무 스케줄이 매일 달라지기 때문에 지점별로 청중 분석을 미리 해두기도 쉽지 않았다. 그래서 에피소드를 중심으로 간단한 큐시트를 작성해보기로 했다.

나 자신의 식당 아르바이트 경험을 중심으로 요식업의 근무 분야를 나누어 보았다. 크게 계산원, 현장 서비스 직원, 조리사, 주차 관리 요원, 매니저 등등으로 나눌 수 있었다. 그렇게 정리된 분야마다 에피소드들을 기록했는데, 실제로 내가 3년간 일했던 음식점에서의 일들을 떠올려 보니 상당히 많은 에피소드들이 모아졌다.

그 이야기들을 하나씩 큐시트에 작성했다. 손님의 클레임 상황에 대한대처 방법 등을 떠올리며 실제 경험담을 중심으로 정리했다. 청중과 함께 공감대를 이루면서 이야기할 에피소드 찾기를 그렇게 시작한 것이다.

실제로 강의가 시작되었다. 일을 하다가 강의를 들으러 온 직원들의 표정에는 지치고 싫은 기색이 역력했다. 쉴 틈도 없이 바쁘게 일을 해야 하는 식당에서 난데없이 강의까지 들으라고 하니 무리도 아니었다. 40대 이상의 아주머니들이 많았고, 그날은 유독 70대 이상의 어르신들도 두세 분 보였다. 강사로 왔다는 젊은 여자가 도대체 식당에 대해 무얼 알아서 무슨 이야기를 하는지 한번 들어나 보자는 눈치였다.

처음부터 딱딱한 내용은 없애고 스토리텔링으로 가야겠다고 생각했다. 서비스란 무엇인가, 어떻게 하는 것이 좋은가 하는 뻔한 이야기를 해봤자 아무 귀에도 안 들릴 것이 뻔했다.

"저는 오늘 서비스 강의를 하러 왔습니다. 서비스 강의가 뭐냐 하면, 어떻게 하면 서비스를 더 잘할 수 있는가 하는 이야기를 하는 것입니다."

평소보다는 조금 더 친근하고 쉽게 설명하면서 이야기를 시작했다. 그리고는 곧바로 듣는 사람의 입장을 파악하기 시작했다. 혹시 어떤 업무를 하시는지 소개를 부탁드렸다. 주방에서 음식 조리를 하시는 분, 홀에서 서빙을 하시는 분, 숯불을 담당하시는 분 등등 다양했다. 미리 준비했던 큐시트를 떠올리며 각각의 청중들에게 가장 알맞을 에피소드를 찾아냈다. 그리고는 나름 분위기를 잡기 위해 "음식점에서의 서비스는 친절이 우선인데, 친절하다는 것은 일단 음식이 맛있고 난 다음의 이야기입니다." 하면서 이야기를 시작했다.

"음식을 손님에게 전달할 때, 접시 잡는 손도 친절한 손이 따로 있습니다. 그릇을 잡는 엄지손가락이 음식에 닿지 않도록 해야 합니다."

그러면서 실제로 아르바이트를 하면서 경험했던 클레임 이야기를 시작했다. 그때부터 아주머니들은 집중하면서 이야기를 듣기 시작했다. 나는 멈추지 않고 이야기를 계속했다. 단체손님이 와서 고기를 잘라주다가 숯불에 떨어뜨려서 혼이 난 이야기, 후식을 내오다가 손님 옷에 커피를 쏟았던 이야기, 조개에 모래가 있다며 먹은 음식 값을 낼 수 없다고 따지던 고객 이야기, 주차장에서 차가 긁혔다며 억지를 부리던 고객 이야기 등 내가 음식점에서 3년 동안 경험했던 에피소드들이 줄줄 흘러나왔다.

강의를 시작할 때 경직되었던 직원들의 표정에는 어느새 '그래서 어떻게 되었어?' 하는 궁금증과 공감의 눈빛이 반짝이기 시작했다. 고객 이야기뿐만 아니라 직원들의 잘못된 서비스 사례들도 함께 이야기했다. 반응이 좋으니 큐시트에 작성해둔 이야기 외에도 현장에서 생각나는 이야기도 많이 곁들였다.

"나는 이랬었는데, 여러분도 그런 경험 있으시죠?"

"이럴 때 이만큼 힘들었어요. 그래서 여러분이 힘든 거 나도 다 알고 있어요."

그렇게 내가 경험했던 이야기들을 청중과 나눈 것이다. 정해진 정답을 가지고 이렇게 해야 한다는 식의 딱딱한 이야기는 없었다. 생생한 내 이야기를 나누고 그들의 이야기를 들으면서 스토리텔링만으로 강의를 마쳤다. 강의 후 반응은 최고였다. 그 중 70대 할아버지의 마지막 인사가 지금도 기억에 생생하다.

"내 평생 강의라는 걸 많이 들어본 건 아니지만, 오늘 들은 강의가 최고인 것 같습니다. 재미있는 시간이었습니다. 내 직업에 대한 생각도 많아집니다. 고맙습니다."

서비스 강의를 할 때면 나는 내가 알고 있는 기본 지식보다 서비스 업종에 근무하는 직원들의 마음을 먼저 헤아리려고 노력한다. 손님이 무조건 왕이던 시대는 지났다. 손님의 청이라고 무조건 따라야 하는 시대가 아닌 것이다. 서비스업에 종사하는 분들을 감동노동자라고 하지 않던가? 그들이 즐겁게 일하고 그들의 삶이 향상되도록 돕는 것, 그것이 내가 하는 서비스 강의의 진정한 목적이다. 그러자면 우선 그들을 돕고 마음을 움직일 수 있는 관계를 유지해야 한다. 결코 쉬운 일은 아니지만, 그 70대 할아버지와 같이 진정으로 고맙다는 인사를 받고 나면 어려웠던 기억은 깨끗이 잊게 되고 어느새 새로운 힘을 얻게 된다.

사실 음식점에서 하는 강의가 처음에는 내키지 않았다. 규모도 크고 멋진 식당이었지만 강사가 강의를 하는 장소로는 적합하지 않았다. 컴퓨터나 프로젝터도 없었고, 마이크도 없었다. 직원들은 손님 단체석인 방에 방석을 깔고 앉아 있고, 나 홀로 서서 강의를 해야 했다. 자료 준비를 한다고 해도 자료를 보여줄 수 있는 여건이 되지 않았다. 음식 냄새가 풍기고 주변은 산만하기만 했다.

그렇게 처음 한두 번 강의를 하고나자 음식점에서의 서비스 강의는 쉽지 않겠다는 생각부터 들었다. 하지만 하면 할수록 환경에 익숙해지면서 사람들과의 교감을 더 끈끈하게 느낄 수 있었다. 무엇보다도 내가 실제로 경험했던 아르바이트 일화들이 그들에게 큰 공감을 일으킨 덕분이었다. 강의를 하다 만나게 된 모 음식점의 직원 중에는 실제로 나와 똑같은 경험을 했다는 직원도 있었다.

그런 식으로, 나는 마치 누군가에게 '나 오늘 억울한 일을 당했는데, 한번 들어볼래?' 하는 심정으로 고객과 있었던 클레임 경험담들을 털어놓았다. 이럴 때는 어떻게 대처해야 하는지, 고객에게 어떤 말을 해야 클레임을 줄일 수 있을지 등등 상황별 질문들도 이어나갔다. 혼자서 강의를 한다는 생각보다 편안하게 서로 이야기를 나누는 자리로 만들려 노력했다. 요식업에 종사하는 분들을 대상으로 하는 서비스 강의에서 내가 무언가를 해냈다면, 그건 전적으로 나의 그런 경험과 스토리 덕분이었다고 생각된다.

스피치는 역시 기승전'스토리'다. 어떤 주제를 가지고 이야기를 하게 되든, 그 주제에 맞는 스토리가 있어야 힘 있는 스피치가 되는 것이다. 하지만 잊지 말아야 할 것이 하나 있다. 아무리 스토리가 중요해도 나만의 메시지, 나만의 주제에서 벗어나서는 안 된다는 것이다.

스토리 중심으로 편안하게 이야기를 하다 보면 가끔 주제와 맞지 않는 스토리가 이어지면서 강의가 산으로 가는 경우가 생긴다. 이런저런 말을 하다가 주제가 무엇인지 길을 잃게 되는 것이다. 스피치가 다 끝났을 때에는 그래서 어떠하다는 결론이 나와야 한다. 전하고자 하는 이 결론과 스피치의 애초 목적에 맞게 스토리를 잘 찾아내고 선별해야 한다.

주제가 정해졌다면 지난 경험을 떠올려보자. 생생한 내 이야기가 누군가에게 재미있는 인생 스토리로 전해질 수도 있다. 제대로 된 공감 스피치는 이처럼 내 안에서 시작된다.

secret 07
경험에서 얻은 깨달음을 이야기하라

'세상에 쓸모없는 경험은 없다'는 말이 있다. 실제로 당장에는 하찮은 일이고 별것 아닌 것 같아 보여도 시간이 지나고 나면 값진 것이었음을 느낄 때가 더러 있다. 내가 20대 중반에 했던 경험도 그런 경우에 속했다. 꿈과 현실 사이에서, 나 자신과의 타협점을 찾기 어려워 방황하던 시절의 이야기다. 어느 날 문득, 하고 싶은 일과 할 수 있는 일이 서로 다르다는 생각이 들었다. 게다가 당연히 해야만 하는 일들이 하기 싫게만 느껴졌다. 뭔지 모르게 제2의 사춘기를 맞은 듯 온 세상이 밉고 사람들이 싫었다. 대학을 마치고도 안정된 직장에 자리를 잡지 못하고 인턴과 대기업 계약직으로 20대를 보내리라곤 그 전에 상상조차 하지 못했던 때문이다.

취업 준비생 시절의 일이다. 말 그대로 준비생이라 정해진 답은 아무것도 없었다. 전공을 살릴 것인가? 하고 싶은 일을 찾아 새롭게 도전할 것인가? 많은 선택의 기로에 서 있었는데 지금 생각하면 스스로 우물 안으로만 들어가려고 했던 것 같다.

그렇게 아무것도 선택하지 않았다. 그냥 당시의 상황에 맞추어 내 용돈벌이를 할 수 있는 정도면 아무 곳이나 상관없다는 식으로 취업 사이트만 뒤적였다. 그렇게 이력서를 쓰고 자기소개서를 썼다.

대략 1년 동안 200~300통 이상은 이력서를 쓴 것 같다. 물론 회사마다 적절한 이력서를 쓰는 게 아니라 회사 이름과 몇몇 내용만 바꾸는 정도에 불과한, 복사하고 붙여넣기 식의 짜깁기 이력서였다. 진짜 간절하게 일하고 싶은 회사는 없었다.

집에서 가까운 거리에 있는 회사, 출퇴근 시간이 정해진 곳, 급여가 안정적인 곳을 찾아 무작위로 이력서를 넣은 것이다. 수백 통의 이력서와 수십 번의 면접을 봤다. 한 달에 몇 번이고 면접을 본다고 돌아다니기만 할 뿐 아무런 성과가 없으니 보다 못한 부모님이 한마디 물으셨다.

"잘 되고 있니?"

별 말 아니었다. 그런데 심통이 나 있는 못난 마음에 "내가 알아서 할 테니 신경 쓰지 마세요." 하는 말로 쏘아붙이며 대화를 단절했다. 그러던 어느 날 가장 가고 싶어 했던 회사에 면접을 보러 가게 되었다. 면접관이 5명이고, 지원자는 7명이었다. 딱 봐도 내가 제일 나이가 많아 보였다.

이제 막 대학교를 졸업한 듯한 4명은 면접 자체가 떨린다며 긴장한 모습이었다. 수십 번 면접을 보고 떨어진 경험이 있는 나는 그런 분위기가 대수롭지 않았다. 오히려 떨지 않고 자신감 있는 모습으로 비칠 수 있다는 쓸데없는 자신감이 생겼다. 면접관이 압박 질문을 할 때도 당황하지 않고 모든 대답을 잘 해냈다.

집으로 돌아오는 길, 함께 면접을 봤던 친구들이 다들 내가 합격할 것 같다며 괜한 희망을 안겨줬다. 며칠 후 발표된 합격자 명단에는 내가 아닌 다른 친구의 이름이 들어가 있었다. 뭔지 모르게 억울했다. 내가 가장 말도 잘하고 면접을 잘 본 것 같은데, 왜 나는 불합격일까 하는 생각이 들었다. 엄마에게 하소연하듯 물었다.

"엄마, 나 진짜 면접 잘 봤거든. 다들 내가 제일 말 잘했다고, 내가 합격할 것 같다고 했거든. 근데 왜 내가 떨어졌을까?"

엄마는 가만히 듣고 있다가 한마디 하셨다.

"아마, 간절해 보이지 않아서 그럴 수도 있어."

뭔가 뒤통수를 맞은 느낌이었다. 우리 엄마처럼, 이미 어른인 면접관들의 눈에는 다 보이는 게 분명했다. 지원자가 정말 간절하게 그 회사에서 근무하고 싶어 노력한 사람인지 아닌지 하는 것 말이다. 이력서만 봐도 알 수 있고 면접에서는 그의 태도와 말하는 바를 통해 더 확실히 알 수 있는 것이었다.

정말 그랬다. 내가 지원한 회사 중 제일 좋은 조건의 회사였던 건 분명했지만, 처음부터 간절히 준비하고 지원했던 회사는 아니었다. 면접을 잘 보고 질문에 대답을 잘한다고 해서 반드시 그 회사에서 일을 잘하는 사람이 되는 건 아닌 것이다. 그것을 누구보다 면접관들은 수십 년의 경험을 통해 알고 있었던 것이다.

옆에서 지켜본 엄마의 눈에도 훤히 보였던 것처럼 말이다. 그 날을 계기로 나의 모습에는 변화가 생겼다. 진짜 하고 싶은 일을 찾아 도전해보게 된 것이다. 그리고 조금 더 시간이 지났지만, 1년 반 정도의 공백을 두고 하고 싶던 일을 준비하고 연습하는 데 시간을 보내게 되었다. 내가 간절히 원하는 일을 찾은 것이다.

한참의 시간이 지나고, 내가 학생들의 취업 컨설팅을 맡게 되었다. 컨설팅을 하면서 이력서 잘 쓰는 법, 면접에서 말 잘하는 법이 아니라 내가 겪은 이야기들을 나누기 시작했다. 20대에 내가 이력서를 몇 백 통이나 쓴 경험, 면접에서 떨어졌던 날의 이야기들을 말하기 시작했다.

오랜 시간 취업 준비를 하면서 방황했던 일, 그래서 지치고 무너졌던 마음에 대해서도 함께 이야기했다. 처음에는 부끄럽기도 했다. 하지만 내 경험과 진심어린 충고가 취업 컨설팅 내내 학생들의 마음을 움직이기 시작했다. 스피치란 원래 세상이 원하는 말을 하는 것이다. 상대방이 듣고 싶어 하는 말을 해주어야 도움이 되고, 그래야 그들을 움직이는 법이다.

내가 경험한 바를 통해 그들이 하나라도 깨달음을 얻고, 취업 준비에 있어 변화된 모습을 보인다면 제대로 된 스피치와 컨설팅이 될 수 있다고 생각했다. 이후로도 나는 어떤 스피치 강연이나 컨설팅에서든 내 이야기를 많이 나누게 되었다.

'나'를 드러내지 않으면, 나의 경험을 공유하지 않으면, 아무리 많은 이야기를 해도 상대의 마음을 움직일 수 없다. 이야기에 힘이 없기 때문이다. 누군가에게 들은 이야기가 아니라, 살아있는 내 이야기를 전하는 것이야말로 내가 말하는 진정한 대화요 스피치다.

보이스 트레이닝 강사로 막 나서던 무렵, 원하던 자리에 채용 공고가 났다. 그런데 이력서 접수 날짜가 이미 이틀이나 지나고 나서야 확인을 한 것이었다. 날짜가 지났으니 아예 지원조차 할 수 없다는 사실에 망연자실했다. 그러다가 공고문에 적힌 담당자에게 전화를 걸었다. 밑져야 본전이라는 생각이었고, 반대로 그만큼 절실하기도 했다. 그런데 생각지도 못한 대답이 돌아왔다.

지원자들이 면접을 봤는데 적절한 사람이 없어 다시 지원자를 모집할 예정이니 입사 지원서를 제출해보라는 것이었다. 기회라고 생각했다. 최선을 다해 이력서와 자기소개서, 면접 시 10분 강의를 위한 강의 계획서를 제출했다. 7명이 지원을 했고, 개별 면접과 10분 시연 강의 후 내가 최종 합격하게 되었다. 그리고 그렇게 입사한 회사에서 5년 동안 근무를 하게 되었다.

만약 그날 공고문을 보고 지나버린 날짜 때문에 지레 포기를 했다면 어땠을까? 면접을 보고 떨어진 게 아니라, 지원조차 해보지 못했다면 스스로를 얼마나 자책하면서 괴로워했을까? 절실한 사람에게 는 반드시 길이 생긴다는 말을 실감했다. 그리고 '쓸모없는 경험은 없다'는 말을 교훈 삼게 되었다. 수없이 경험해본 취업 준비와 면접 의 내공이 제대로 발휘되는 순간이라고 느꼈다.

앞에서도 소개한 것처럼 나는 취업 컨설팅에서 나처럼 방황하고 힘들어 하는 학생들에게 나 자신의 이야기를 많이 들려주었다. 실 패했던 경험, 간절함으로 목표를 이루었던 경험을 함께 나누었다. 그들에게는 책에 나오는 그렇고 그런 이야기가 아닌, 살아있는 이 야기다. 취업 때문에 고민하고 힘들어 하는 그들의 마음을 누구보 다 잘 안다고 이야기 하면 그들도 자기 이야기를 술술 나에게 들려 준다. 서로가 의지하는 사이가 되는 것이다.

그런 과정을 통해 내 경험들이 취업 준비생들에게 작은 깨달음이 될 수 있다고 믿게 되었다. 그렇게 나는 나 자신의 이야기를 통해 마 음을 나누는 컨설팅을 진행할 수 있었다.

내게는 방황하고 좌절했던 20대의 숱한 날들이 있었다. 그런데 그 시간의 경험이 대화를 나누는 다양한 소재, 많은 사람들과의 소통에 있어 밑거름이 되었다. 이제는 웃으며 말할 수 있는 스토리가 되어 누적되는 중이다. 꼭 컨설팅이 아니어도 좋다. 어떤 스피치에서든지 당신의 이야기를 나누어라. 그리고 수많은 경험을 통해 얻은 깨달음을 다시 한 번 정리해보자.

스피치는 남의 이야기를 전할 때보다 내 이야기를 할 때 효과를 낸다. 그것이 살아있는 스토리로써의 힘을 가지고 있기 때문이다. 당신의 경험을 무한대로 나누어보자. 당신도 누군가로부터 더 많은 경험을 얻을 수 있을 것이다. 이것이야 말로 서로에게 더 큰 깨달음을 줄 수 있는 스피치의 전파력이다.

secret 08
지식이 아니라 지혜를 공유하라

　최근 개봉한 〈어메이징 메리〉라는 영화를 봤다. '덜 똑똑해도 좋아, 더 행복해질 수 있다면'이라고 적힌 영화 포스터의 문구를 보고 끌렸다. 영화는 수학에 재능을 가진 주인공 '메리'와 그런 메리의 평범한 행복을 꿈꾸는 삼촌 '프랭크'의 사랑스러운 이야기다.

　아이를 키우는 엄마로서 많은 생각을 해보게 되었다. 포스터의 문구처럼 천재들 속에서의 치열한 경쟁이 아니라 행복한 아이로 자라게 하는 것이 좋지 않을까? 사실 아이가 똑똑한 사람보다는 지혜로운 사람이 되었으면 하는 생각이 들었다. 그런데 지혜롭다는 건 어떤 의미일까? 아기가 말을 배울 때 또래보다 빨리 하면 부모들은 좋아한다. 말을 빨리 배우는 것이 발달이 빠른 아이라고 믿기 때문이다. 그렇다면 말을 처음 배울 때부터 더 현명하고 지혜로운 말을 많이 할 수 있게 가르치는 건 어떨까?

212　통하는 대화 떨지 않는 스피치의 비밀

말을 잘하는 사람이란 과연 어떤 사람일까? 먼저 지식이 많은 사람과 지혜로운 사람의 말을 생각해보자. 자기가 배운 다양하고 많은 지식을 전하는 사람과, 살아오면서 터득한 지혜를 전하는 사람이 있다면, 청중은 어느 쪽에 더 반응을 보일까? 대화의 주제에 따라 다르겠지만 아무래도 지식보다는 지혜 쪽이 더 끌릴 거라고 여겨진다.

이와 관련하여 내가 예전에 회사에서 만났던 두 분의 부장님이 떠오른다. 먼저 장부장님. 그는 팔방미인이었다. 업무 지식이며 외국어 능력, 대인관계 등 어느 하나 빠짐없이 완벽한 분이었다. 모르는 것이 있을 때마다 다들 그 부장님을 찾아갈 정도였다. 그런 부장님이 더 빛을 발휘하는 때는 회의시간이었다.

한 번도 목소리를 크게 내지 않고 자신의 의견을 말씀하셨다. 감정을 억누르지 못해 소리를 치거나 짜증을 내는 모습은 본 적이 없다. 회의시간에 다른 팀원들 간에 언쟁이 시작되면 조용히 중재하며 논란을 정리하는 모습을 자주 보여주었다. 그러니 필요 이상으로 회의시간이 길어지는 일도 없었다. 부장님은 주로 자신의 경험을 바탕으로 이렇게 하면 어떨까 하는 의견을 많이 제시했는데, 누구 하나 토를 달거나 불만을 말하는 사람을 본 적이 없다.

그런 장부장님과는 다른 분위기를 지닌 최부장님도 있었다. 그 분도 똑똑하기로 둘째가라면 서러울 만큼 능력이 뛰어난 분이었다. 그런데 이 분에게는 장부장님과 달리 큰소리로 좌중을 압도하는 강한 카리스마가 있었다. 목소리는 크고 발걸음은 당당했다. 모르는 것이 없어 만능 재주꾼이라 불릴 만큼 능력을 인정받았지만 어쩐지 주위에 사람이 별로 없었다. 왜 그랬을까? 자신이 알고 있는 지식을 더 많이 알리는 데에만 집중했기 때문이었다.

회의시간에도 누군가 모르는 내용이 있으면 당사자는 물론 같이 있는 사람들까지 무안하리만큼 야단을 쳤다. 이 정도는 당연히 알고 있어야 하는 기본이라며 늘 기본이라는 말을 입에 달고 살았다. 다른 사람을 무시하거나 이해하지 못하겠다는 말투로 무안을 주기도 했다. 그래서 늘 조용한 카리스마인 장부장님이 리더로 인정을 받고 사람들에게 인기가 많았다. 이런 현상은 사회에서도 별반 다르지 않다.

스피치를 하는 사람이라면 자신이 말하고자 하는 바를 어떻게 전달할 것인지 콘셉트를 정하게 된다. 강하게 어필해야 하는 경우인지, 정보 전달을 하는 것인지, 청중들의 관심과 피드백이 중요한 것인지는 스피치의 주제에 따라 달라진다.

이때 중요한 것은 주입식으로 지식만을 전달하는 스피치는 힘을 발휘하지 못한다는 것이다. 가끔 잘난 척하듯 스피치를 하는 사람들을 만나게 된다. 자신이 아는 것을 한 번에 쏟아내듯이 말하는 것이다. 청중은 원래 알아듣기도 하고, 못 알아듣기도 하며, 제멋대로 듣는다. 통하는 말하기는 잘난 척하듯 청중에게 가르치듯 말해서는 절대 성공할 수 없다. 청중이 스스로 느끼도록 하는 말하기야말로 통하는 말하기가 되는 것이다.

자녀들이 공부를 잘하도록 하고 싶으면 잔소리를 하기 전에 부모가 책 읽는 모습을 자주 보여주는 것이 효과적이라고 한다. 자녀가 스스로 공부를 해야겠다고 느끼는 것이 가장 훌륭한 방법이라는 것이다. 당신이 하는 말하기가 주입식, 강요식, 잘난 척하듯 하는 말하기라면 습관을 바꿀 필요가 있다.

어떤 습관이 있는지 잘 모르겠다면 녹음을 해서 들어보거나 글을 써보는 것도 좋다. 했던 말을 반복하는 경우가 있다거나, 같은 단어를 계속 쓰는 습관을 발견할 수도 있다. 다른 사람의 스피치를 들어보면서 특정한 습관을 찾아보는 것도 도움이 된다.

흔하게 발견되는 잘못된 말하기 습관 중에 불필요한 말을 반복적으로 되풀이하는 경우가 있다. 어떤 강연에선가 강사가 "다 알고 계시죠?", "이런 거 모르는 사람도 있습니까?" 하는 질문을 반복적으로 하는 경우를 본 적이 있다. 하고자 하는 말을 강조하는 부분에서 더러 쓰이는 것은 괜찮다. 하지만 처음부터 끝까지 이런 말들을 반복해서 사용하는 것은 곤란하다. 몇 번은 그러려니 하고 지나치지만 청중들은 점점 반감을 느끼게 된다.

사람들은 지식을 얻기보다 지혜를 공유하고 싶어 한다. 지식은 인터넷으로 찾아봐도 얼마든지 해결할 수 있다. 모르는 것이 아니라 알면서도 실천이 안 되는 바를 지혜를 통해 배우고자 하는 것이다. 앞서 소개한 스타일이 전혀 다른 두 부장님의 경우를 좀 더 살펴보자.

두 분이 신입사원들에게 회사 생활에 관한 교육을 한다고 가정해보자. 정보 전달이나 지식에만 치중을 한다면 부장님들의 잔소리 스피치로 끝날 가능성이 높다. 보고서 작성하는 방법, 회의시간에 주의할 사항, 직장 내 매너와 같은 지식들로 스피치 시간이 채워질 것이다.

반면 지혜를 공유하는 스피치를 한다면 스피치의 주제는 달라질 것이다. 본인이 경험했던 사례들을 바탕으로 자신의 스토리를 담게 된다. 어떤 식으로 회사 생활을 해왔는지, 그 경험과 지혜들을 이야기로 풀어나갈 것이다. 이로써 이야기 속에 지혜가 담긴 스피치가 되는 것이다.

절대로 스피치를 통해 가르치려 하지 말고 느끼게 하라. 그것이 지혜를 공유하는 첫 번째 원칙이다. 느낌이 오는 사람에게 끌리듯, 말하기에도 느낌이 있다. 느낌 좋은 말하기를 위해서는 나만의 지혜를 포함시켜 청중과 공유할 수 있도록 해야 한다.

그런 좋은 느낌을 통해 다른 사람에게 변화를 일으키면 금상첨화다. 지혜를 공유하고, '나는 이렇게 했으니 당신은 어떻게 하시겠습니까?' 하는 정도의 울림이면 좋다. 내가 한 이야기를 통해 상대의 태도나 마음에 변화가 생기도록 울림이 있어야 한다. 스피치의 목적은 대부분 지식을 위한 것이 아니라 지혜를 위한 것이다.

secret 09
명사들의 스피치에는 그 인생이 담겨 있다

요즘은 참 살기 편한 시대다. 뭔가 궁금한 것이 생길 때 인터넷으로 검색만 하면 수백 건의 결과물들이 보인다. 예전에는 모르는 일이 생기면 누구에게 물어봐야 할지 난감할 때가 있었는데, 이제는 망설임 없이 인터넷을 뒤적이게 된다.

여러 분야에서 각기 다른 정보들이 카페나 블로그를 통해서도 쏟아진다. 마늘 쉽게 까는 법, 가위에 묻은 테이프 자국 지우는 법 등은 내가 최근에 검색한 질문들이다. 별것 아닌 것 같지만 유용한 정보들이다.

이렇게 내가 좋아하고 관심을 가진 주제가 있다면 이를 남보다 깊이 탐구하고 연구하는 사람들도 있다. 가령 육아 관련 블로거나 음식 칼럼리스트, 자동차 동호회 회원 등 여러 분야의 정보를 모아 남들에게 전해주는 사람들이 있다. 그들이 인터넷으로 정보를 올리는 데 그치지 않고 자신의 관심사에 맞게 스피치를 한다면 어떨까? 그들만의 정보와 인생 스토리도 함께 이야기에 녹아들게 될 것이다. 어떻게 음식을 잘 만들게 되었는지, 언제 처음으로 동호회를 시작하게 되었는지, 그들의 이야기가 있어야 스피치가 완성되는 것이다..

스피치를 잘하고 싶다는 사람들에게 나는 다른 사람의 이야기를 많이 들어보라고 조언한다. 명사(名士)들이 하는 스피치에는 그들만의 스토리와 인생 이야기가 담겨 있기 마련이다. 그들은 자신이 원하는 목표에 맞는 주제를 깊이 탐구하고 숙달하는 사람들이다. 그들은 누군가에게 롤 모델이 될 수 있다.

우연히 서점에서 발견한 한 권의 책이 있었다. 스치듯 지나가다 제목만 보고 마음에 들어 구입한 책이었다. 《당신은 아무 일 없었던 사람보다 강합니다》. 힘들고 지친 마음에 토닥토닥 누군가 따뜻한 손을 내밀어주는 듯한 제목이었다. 주말 내내 책을 읽으며 혼자 울다가 웃다가를 반복했다. 마치 내 옆에서 작가가 직접 이야기를 해주는 기분이 들었다.

이렇게 솔직해도 되나 싶을 정도로 자신의 이야기를 책 속에 담아놓았다. 그러니 나에게 직접적으로 이야기를 해주는 느낌을 받았다. 책 한 권이 오롯이 나에게 집중하여 마음과 머리를 움직이게 하고 있었다. 이것이야말로 작가가 원한 바가 아니었을까? 자신이 경험한 내용을 바탕으로 '나도 이렇게 했으니 당신도 힘들 때 이렇게 한번 해보시겠습니까?' 하는 조언으로 들렸다. 혹은 어떻게 해야 할지 모를 때는 혼자 힘들어 하지 말고 누군가를 찾아가 도움을 받아 보라고 말하고 있는 것처럼 느껴졌다.

'스스로 마음가짐을 달리 해보는 건 어떠십니까?' 하는 방법을 제시해주는 것 같았다. 책을 다 읽고 나자 마치 누군가로부터 위로받은 기분이 들었다. 세상에 나 혼자가 아니구나, 많은 사람들이 나처럼 혹은 작가처럼 힘든 경우가 많구나, 그럼에도 모두들 그렇게 저렇게 견디면서 위로하고 위로 받으며 살아가는구나, 하는 '공감'이 생겼다.

명사들이 하는 말 속에 인생이 담겨 있다고 하는 것은 그들이 자신의 인생을 여지없이 드러내고 보여주기 때문이 아닐까? 내가 가진 인생에서도 누군가에게 들려줄 수 있고 보여주면 힘이 될 수 있는 이야기가 있을 것이다. 다만 이야기할 준비가 되어있지 않을 뿐이다. 어떤 이야기를 누구에게 전해야 할지를 모르고 있을 뿐이다. 내가 할 수 있는 말이 준비되어 있어야 들을 수 있는 사람이 보인다. 들을 사람이 있어야 내가 전할 수 있는 말이 어떤 것인지 생각할 수 있다.

어떤 쪽이든 좋다. 내가 전할 수 있는 말을 생각해 보거나, 상대가 나에게 어떤 말을 듣고 싶어 하는지를 고민해 보자. 내가 누군가에게 롤 모델이 될 수도 있는 것이다. 평소 궁금해 하는 내용이 있거나 관심이 있는 분야의 명사를 찾아보자.

그들의 책이나 강의 동영상, 인터뷰 내용 등 다양한 매체를 통한 정보들이 많이 있다. 그들의 말 속에 내가 원하는 정답이나 길이 있을지도 모른다. 그들의 이야기에 내 삶의 거대한 변화를 일으킬 메시지가 담겨 있을지도 모른다. 어떤 말을 해야 하는지, 말하고자 하는 방향이 더 뚜렷하게 보일 것이다. 앞서 소개한 책을 읽고 나는 작가의 동영상까지 찾아보기 시작했다.

방송에서의 모습을 시작으로, 유튜브 같은 동영상 사이트에 올라온 수많은 강의 영상을 몇 박 며칠 동안 보기 시작했다. 마치 한 사람의 뒤를 캐듯, 그 사람의 전부를 알아가고 있는 것처럼 느껴졌다. 개인적인 이야기, 강의를 하면서 느꼈던 감정, 사람들에게 전하고 싶은 주제마다의 이야기, 어떤 것 하나 놓치고 싶지 않아 보고 또 보기도 했다.

노트에 메모를 하며 그렇게 오랜 시간 공을 들여 그 작가의 이야기를 찾아보게 된 것이다. 많은 영상을 찾아보다 보니 겹치는 내용도 있었다. 어딘가에서 들었던 내용을 다른 강의에서 반복하기도 했다. 하지만 그건 아무런 문제가 되지 않았다.

그가 남의 이야기를 하는 것이 아니라 자신의 이야기를 하기 때문이었다. 주제에 맞는 자신의 이야기를 들려주는 것이야말로 진정성 있는 나만의 스토리였다. 이제는 다 외우다시피 할 정도로 그분의 이야기를 많이 들었다. 그런데 내가 얻은 건 사실 그 사람에 대한 정보가 아니라 나를 위한 위로였다.

나 또한 그 분처럼 힘든 개인사가 있었고, 어려움을 극복했던 방법이 있었다. 나 또한 강의를 하면서 겪은 고충이 있고, 극복해온 노하우가 있다. 모두가 그렇게 다른 누군가로부터 나를 위로 받는 것이 아닌가 하는 마음이 들었다.

내 마음의 울림은 그 사람의 공감되는 이야기로부터 시작된 것이었다. 명사들의 스피치에는 공통적으로 그들의 인생이 담겨 있다. 누구라도 좋다. 어떤 주제라도 좋다. 자신이 원하는 주제나 인물을 정해서 그들을 찾아보는 것이 도움이 된다. 그렇게 스스로 한 뼘씩 성장해 나갈 때 당신도 어느 날 누군가에게 명사가 되어 있을지 모른다.

내 안의 이야기들을 알릴 준비를 하고 있길 바란다. 자신의 인생이 진하게 담겨 있는 이야기 말이다.

제5장

떨지 않는
스피치로
승부하라

secret 01
떨지 않는 스피치로 승부하라

　　모든 일에는 요령이 있다. 같은 일을 해도 더 잘할 수 있는 방법 말이다. 그런데 스피치에는 요령이 없다. 떨지 않고 잘 말하는 것이야말로 요령이라면 요령이다. 말하는 것이 떨리고 불안하다는 사람들의 대부분은 두려움을 갖기 때문이다. 시작하기 전부터 두려움을 가진 사람이 의외로 많다.

　　'잘할 수 있을까?'

　　'내가 잘못된 말을 하거나 다르게 말해서 오해를 일으키지는 않을까'

　　올바른 말하기 태도를 가진다면 세상에서 전하지 못할 말은 없다고 했다. 내가 어떤 태도로 말하기에 임하느냐에 따라 떨지 않고 자신감 있는 말하기를 할 수 있는 것이다.

　　TV 프로그램들 가운데 오디션 관련 프로그램들이 많아졌다. 일반인들이 가수와 노래 대결을 하기도 하고, 가수가 되기 위해 심사위원들 앞에서 오디션을 보기도 한다. 누군가 유명 가수의 모창을 하면 그 목소리만 듣고 진짜 가수가 누군지 알아맞히는 프로그램도 있다. 그런 프로그램들을 보면서 우리나라에 노래 잘하는 사람이 참 많다는 생각을 했다. 또 한편으로는 마이크를 잡고 가만히 서서 말하기도 힘든데 관중들 앞에서 노래를 부르기란 얼마나 어려운 일일까 생각해 보기도 하였다.

노래에서는 음정과 박자는 물론이고 함께하는 밴드나 가수와의 호흡도 중요하다. 그런데 관중들의 호응까지 살피면서 프로 못지않은 노래 실력을 뽐내는 일반인들이 많다. 나로서는 한없이 대단해 보였다. 그렇다면 그들이 남보다 노래를 잘할 수 있는 비결은 무엇일까? 바로 '즐기는 것'이다. 무대에서 노래를 잘한다는 참가자들을 보면 모두 웃고 있다. 온몸으로 리듬을 타면서 음악에 몸을 맡기고 심취해서 즐기며 흥겨워한다. 애절한 노래를 부르면 눈물이 날것처럼 표정이 슬프다가도 신나는 노래를 부르면 옆 사람도 함께 흥겨워질 만큼 즐기고 있는 모습을 볼 수 있다. 이것이 바로 떨지 않고 노래를 잘하는 요령이다.

심사위원들이 오디션에서 통과하는 참가자들에게 공통으로 하는 말은, 무대 위에서 떨지 않고 즐기는 사람을 뽑는다는 것이었다. 아무리 평소 실력이 좋아도 무대 위에서 노래를 할 때 떨리는 공포를 가진 사람은 가수로 활동하기에 무리가 있기 때문이다. 즐길 줄 아는 사람은 어떤 무대에서도 자신의 실력을 마음껏 발휘하는 것이다.

대학 시절, 조별 과제를 받으면 발표를 해야 하는 무대가 두려웠다. 조별 과제를 받으면 조원들은 우선 자료 준비를 하는 사람과 발표하는 사람을 나누게 되는데, 그럴 때 학생들 대부분은 자료 준비를 하겠다고 한다. 나도 그랬다. 말하기를 즐겨하지 않는 사람들이 발표라는 말 앞에서 갖는 두려움은 일상 대화에서의 두려움보다 훨씬 큰 것이다. 평소 공부를 잘하는 친구들도 마찬가지였다.

조별 과제를 할 때 자료를 수집하고 리포트로 제출하는 건 대부분의 학생들에게 무리가 없다. 하지만 발표는 힘들어하는 경우를 많이 보았다. 아무리 많이 알고 있어도 남 앞에서 알고 있는 바를 전달하지 못하면 발표 과제에서는 높은 점수를 받기 어렵다. 그러니 서로 자료 준비를 하겠다고 아우성이었다. 나도 처음에는 남 앞에서 말하는 것이 두려웠다. 그래서 시도조차 하지 않고 우선 피하려고만 했다.

그러던 어느 날 마음가짐을 달리해보자 생각했다. 한번 부딪혀보고 어떤 이유로 내가 발표를 두려워하는지 느껴보자는 심산이었다. 1학년 마케팅 수업 시간에 처음으로 내가 발표할 순서가 되었다. 자신 있게 발표를 시작했지만 갑자기 준비한 내용이 생각나지 않아 버벅거렸다.

다시 주섬주섬 자료를 들고 와서 발표를 이어갔다. 등에는 한바탕 식은땀이 흐르고 있었다. 모든 사람들이 나를 주목하고 있었는데, 허둥지둥하는 내 모습이 어떻게 보일까 두려웠다. 찾아온 자료를 들고 다시 심호흡을 하며 발표를 겨우 이어갔다.

그렇게 발표가 이어지고, 마침내 막바지가 되자 다시 한 번 힘을 내게 되었다. 마무리를 잘해야 조금이나마 덜 민망할 것 같아서였다. 영화에서 NG 장면을 애드리브로 자연스럽게 넘어가던 배우의 모습을 떠올렸다. 이미 실수한 모습은 잊고, 뻔뻔하게 발표를 해보기로 마음먹었다. 그렇게 무사히 발표를 마쳤다.

나도 그렇지만 다들 발표에 익숙하지 않아 애를 먹은 시간이었다. 발표 도중 중언부언은 기본이고, 했던 말을 또 하는 친구도 있었다. 생각지 못한 질문을 받으면 엉뚱한 대답을 하는 경우도 있었다. 다들 처음이라 누구나 실수할 수 있다는 것을 감안하며, 서로가 서로에게 배움의 시간이 된 것이라고 위안을 삼았다.

그날의 경험이 '나도 떨지만 않으면 충분히 발표를 잘할 수 있겠구나', '발표 수업을 두려워하지 않아도 되겠구나' 하는 생각을 갖게 했고, 마음을 가볍게 만들었다. 그렇게 조금씩 두려움을 잊는 법을 배운 것이다. 학년이 올라갈수록 전공수업뿐만 아니라 다양한 수업에서 토론과 발표 수업이 있어도 부담 갖지 않고 즐기면서 참여할 수 있었다.

바지를 입을 때는 누구나 한 번에 한쪽씩 밖에 못 입는다는 말이 있다. 한 번에 하나씩, 조금씩 나아가는 연습을 해보는 것이 떨지 않는 말하기의 요령이 될 수 있다. 실수할지도 모른다는 부정적인 생각에 얽매이지 말고 할 수 있다는 자신감으로 무장해야 한다. 실수를 했을 경우 빨리 잊어버릴수록 도움이 된다. 누구나 할 수 있는 실수라는 생각을 해야 다음 실수를 하지 않는다. 떨지 않는 목소리로 청중 앞에서 연설을 하는 것, 혹은 자연스럽게 즐기면서 노래를 부르는 것이 생각만큼 쉬운 일은 아니다. 하지만 분명한 건 시도해 보지 않으면 즐길 수 있는 경지에 이를 수 없다는 것이다. 당신은 살면서 오디션 프로에 나갈 일도 없고, 발표 수업을 할 일도 없다고 생각하는가?

노래나 스피치는 수많은 곳에서 다양한 형태로 찾아온다. 회식자리에서 노래 한 소절을 부를 수도 있고, 친목단체의 대표가 되어 한마디 할 일이 생길 수도 있다. 학부모 대표로 나서 한 말씀을 해야 할 수도 있고, 부당한 일을 당해 소리 내어 주장을 해야만 하는 일이 있을 수도 있다. 어떤 이유로든 자기 목소리를 내야 하는 경우 말이다.

나의 실력을 뽐내며 자랑할 만한 노래나 스피치를 선보이는 경우도 마찬가지다. 미리 준비되지 않은 사람에게 두려움은 당연한 것이다. 한 번에 한쪽씩 바지를 입는 연습을 해보자. 입을 뻥끗거리는 것만으로도 내 안에 도사린 수많은 두려움들이 한방에 날아가 버릴지도 모른다.

개그맨 김현철 씨가 했던 인터뷰 기사가 생각난다. 그는 말을 할 때 더듬거리는 자신의 이미지 때문에 방송에서 '어눌한 꺼벙이'로 불렸다. 그런 그가 요즘에는 지휘자로 제2의 인생을 살고 있다고 했다. 악보를 보지 못하지만 레퍼토리를 외우고, 자신만의 곡 해석을 통해 클래식의 대중화에 힘쓰고 있다는 것이다. 그의 말이다.

"제가 데뷔할 때 코미디언으로 웃길 수 있는 방법은 바보처럼 보이는 것뿐이었어요. 제가 말을 좀 더듬는데, 그걸 살리다보니 이미지가 굳어졌죠. 젊은 친구들이 저보고 '말 더듬어 봐!'라고 하는 거예요. 결혼도 하고 딸도 있는데 이제 그런 바보 이미지는 과거로 묻어야겠다고 생각했어요."

그러면서 그는 이제 점잖게 웃기고 싶다는 말을 덧붙였다. 말을 더듬거리는 자신의 단점을 이미지화해서 개그맨으로 자리매김을 하고, 나아가 자신이 좋아하는 일을 찾아 즐기면서 자신의 목소리를 내고 있는 것이다.

그가 자신의 더듬거리는 말투를 두려워해서 남 앞에 나서기를 시도조차 해보지 않았다면 어땠을까? 대중 앞에 서는 개그맨이 될 수 있었을까? 좋아하는 일을 찾아 새로운 도전을 하기도 힘들었을 것이다. 내가 할 수 있는 나만의 장점을 살펴보자. 그리고 작은 것부터 즐길 수 있는 무언가를 시작해보자. 안 된다 생각하고 아무것도 하지 않으면 떨리는 무대 위에서의 스피치 공포는 절대 극복할 수 없다.

천재는 노력하는 자를 이기지 못하고 노력하는 자는 즐기는 자를 이기지 못한다는 말이 있다. 그리고 덧붙여서, 즐기는 놈은 미친놈을 절대 못 이긴다는 가수 싸이의 노래도 생각난다. 나 역시 이 말에 매우 공감한다.

당신이 얼마나 스피치를 위해 즐길 준비가 되었느냐가 스피치의 성공 여부를 결정짓는 한방이다. 떨지 않고 즐길 준비가 되었는가? 그렇다면 당당히 무대 위로 올라가 목소리를 내보자.

secret 02
사업가는 매 순간이 스피치다

버스를 타고 가는데 60대로 보이는 할머니 한 분이 옆에 있는 다른 할머니에게 묻는다.

"그 배추 한 단에 얼마쥤어요?"

"이거 오늘 5,000원 하더라구요."

스스럼없이 알고 지내던 사람처럼 자연스러운 대화가 오간다.

"남편이랑 둘밖에 없어서 김장도 하기 싫은데, 그래도 김치는 있어야 하니까 귀찮아도 해야지 뭐."

"자식들도 좀 챙겨주고 그래요? 나는 힘들어서 사먹으려고요."

"나이도 먹고 이제 힘없어. 만사가 귀찮아."

"몇 살이나 잡수셨소? 나보다 어려 보이는구만."

"나 올해 예순셋 됐어요."

"아이고, 한창때구만. 나는 이제 예순일곱 살인데 할머니소리 듣는 거 싫어."

할머니들의 대화처럼 요즘은 6,70대는 노인이라 말하지 않는 분위기다. 일본 도쿄 남서부에 있는 가나가와현 야마토시가 '60대를 고령자라고 부르지 않는 도시'를 선언했다는 보도도 있었다. 60대는 고령자가 아니라 활발하게 일을 할 수 있는 생산 연령 인구로 생각하겠다는 것이다. 진짜 100세 시대가 온 것임을 실감할 수 있다.

이것은 이제 인생이 한 번의 취업과 한 번의 은퇴만으로 이루어지지 않는다는 것을 뜻한다. 그래서 사람들은 더욱 유일한 사람이 되어야 한다. 회사를 다니기보다는 1인 기업가나 창업을 위해 스피치를 배우러 오는 사람들이 늘어나는 이유도 이 때문이다.

사업가라는 말이 낯설지 않은 이유는 멀리 있는 누군가가 아니기 때문이다. 하루에도 여러 번 가까이에서 만나는 사람들이다. 태권도 학원 원장님, 병원의 의사 선생님, 부동산 아줌마 등 모두 자신의 일을 하고 있는 개인사업자요 사업가인 것이다. 그렇다면 이들이 사업을 하면서 스피치를 배우고 싶어 하는 이유가 뭘까? 하루에도 수십 명의 사람과 만나 대화를 나누어야 하기 때문이다.

그들의 일상에서 오가는 대화가 모두 사업 스피치요 비즈니스 스피치가 되는 것이다. 그리고 이 대화들이 사업의 성공 여부에 영향을 미친다. 엄마들이 자녀의 학원을 선택할 때 수많은 정보 중에서 빠지지 않는 것이 단연코 선생님의 실력이다. 하지만 그 보다 더 중요한 것이 있다. 선생님이 부모 혹은 아이와 잘 맞는가 하는 문제이다.

"나 그 학원 원장은 마음에 드는데 수학 선생님이 나랑 좀 안 맞아."

여기서 안 맞다는 건 가르치는 방식일 수도 있지만 '말'하는 문제가 가장 많다. 학부모들은 상담을 하면서 말이 통하는 선생님이 수업도 잘 가르칠 것이라고 생각한다.

병원에서도 마찬가지다. 진료를 잘하는 의사는 당연히 병을 잘 낫게 해주는 의사다. 하지만 얼마나 잘 설명을 해주는지, 환자와 공감하고 소통이 잘 되는지도 환자들이 병원을 선택하는 기준이 된다. 감기가 걸려 병원에 가면 의사들은 대게 비슷한 말을 한다.

"감기는 푹 쉬어야 하고, 물도 많이 드세요."

이런 말을 듣고 감동받는 환자는 없다.

"약 먹을 때 특별히 알레르기 반응은 없나요?"

"속이 쓰리다거나 메스꺼운 증상이 느껴지면 알려주세요."

"지난번 약은 효과가 좀 있었습니까?"

나에게 맞는 맞춤식 질문이나 설명이 훨씬 더 적극적인 상담으로 느껴지는 것은 당연하다.

실제로 스피치 교육을 하면서 소아과 선생님을 만난 적이 있다. 그는 아이들을 진료하면서 가장 힘든 점이, 엄마들에게 아이의 상태를 설명하는 것이라고 하소연을 했다. 본인은 목소리가 좀 작은 편인데 아기들이 진료할 때 울음을 터트리기 때문에 아기 우는 소리에 의사 목소리가 더 안 들린다고도 했다.

그러면 부모들은 잘 안 들린다며 다시 되묻게 되고, 더 크게 소리를 내어 말을 해야 하는 것이다. 진료를 끝내고나면 늘 목이 아플 수밖에 없다. 게다가 아기들이 아픈 이유가 다양하다 보니 부모들에게 설명하고 이해시키는 것 자체도 힘들다고 했다. 그러면서 의사도 말을 잘해야 하는 직업이라는 푸념을 했다. 정말이지 모든 사업에서 소통하는 스피치를 빼놓고서는 성공할 수 없는 시대가 온 것이다.

매 순간마다 사업가는 스피치의 연속이다. 자기가 원하는 방향으로 내 삶의 키를 쥐고 조정하려면 어디서나 자신 있게 말할 수 있는 말하기 기술이 필요한 시대다. 당신이 팔고자 내놓은 물건 중 가장 중요한 것은 당신 자신이라는 말이 있다.

무엇보다 '나'를 잘 팔아야 사업에서 성공할 수 있다. 그렇다면 내가 어떤 사람인지, 어떤 실력을 가졌는지, 내 사업에서의 주요 요소들이 어떤 것들인지 남들에게 잘 알리는 홍보가 사업의 첫 번째 핵심이 된다. 그리고 홍보는 내가 하는 '말'에서부터 비롯됨을 기억하자.

동네에서 이름난 부동산이 하나 있다. 지인의 소개를 받아 그 부동산에 전화 상담을 하게 되었다. 내가 살고 있던 집의 층간 소음 문제 때문에 이사를 가고 싶었기 때문이다. 계약 기간이 남아 있지만 새로운 집을 알아보고 싶었다. 층간 소음 문제가 있을 때 집을 어떻게 내놓아야 하는지, 복비 부분은 어떻게 지불해야 하는지, 전세 계약은 언제로 다시 해야 하는지 등 부동산 초보였던 나는 궁금한 것 투성이였다.

부동산 아주머니는 귀찮아하는 내색 없이 차분하게 설명을 해주셨다. 전화상으로 30여분 통화가 끝나고, 지나가다가 차 한 잔 마시러 들르라는 말로 인사를 하셨다. 동네 주민이 소개를 해줄 만큼 그곳엔 확실히 다른 곳과 달리 특별한 무언가가 있었다.

나중에 알고 보니 실제로 동네 쉼터 같은 곳이 그 복덕방이었다. 집을 사고팔고 하는 목적으로만 가는 곳이 아니었다. 지나다가 들러서 수다를 떨 수 있는 곳, 추울 때 차 한 잔 마실 수 있는 곳, 화장실이 급하면 아무렇지 않게 사용할 수 있을 만큼 편한 곳이었다. 부동산 주인은 20년간 한 자리에서 사업을 해왔다고 했다. 부동산에 대해 잘 모르는 사회 초년생들이 집 계약을 잘못해서 손해를 보기도 하고, 집주인의 횡포에 불합리하게 계약을 하기도 하는데, 그런 것을 막고 싶었다고 했다. 나도 집 계약을 할 때 잘 이해하지 못해 소소한 질문들을 했는데 상세히 설명을 해주셔서 안전하게 거래를 할 수 있었다. 전세 계약금을 주고받을 때 주의해야 할 사항이나 계약서에 명시되어야 하는 점들도 추가로 설명해주시며 안심하고 거래를 할 수 있도록 여러모로 도와주셨다.

이런 복덕방 주인의 적극적인 상담과 편안한 대화가 그의 사업 수단이 되어 가게는 날로 번창했다. 손님이 또 다른 손님을 계속 소개해주는 선순환이 이루어지는 것이다. 주인의 진심어린 마음과 대화를 나누는 말솜씨에서 비롯된 사업 성공 노하우다.

내가 만나게 되는 한 명 한 명과 진심을 다해 대화를 나누어본 적이 있는가? 최선을 다해 자신을 판매할 수 있는 요소를 갖추고 있는가? 청중을 사로잡아 비즈니스를 성공시키는 기술은 모두 말하기에서 시작된다.

내 고객 한 명 한 명과의 소통에서 얼마나 적극적인 말하기를 할수 있느냐에 사업의 성공 여부가 달려 있음을 잊지 말자. 사업가는 매 순간이 스피치의 연속이다. 어떤 말하기를 준비하고 있느냐가 내 사업의 준비 정도도 말해주는 것이다.

성공 스피치 경험을 반복하라

대부분의 사람들은 가보지 않은 길에 두려움을 느끼며, 새로운 시도를 잘 하지 않는다. 스피치 또한 그렇다. 한 번도 말을 해보지 않는 사람일수록 이 분야에 도전하려고 하지 않는 것이다. 누군가에게 자신의 이야기를 하는 것을 생각조차 해보지 않는 사람도 많다. 하지만 이제는 말하지 않고, 자신을 알리지 않으면 성공할 수 없다.

경험해보고 성취해본 사람만이 그것을 다른 사람에게 말할 수 있지 않을까? 그러기에 더욱 스피치의 경험을 시작해 보라고 권하고 싶다. 어디에서나 말할 수 있는 경험을 쌓도록 권유하고 싶다.

새로운 도전을 통해 새로운 삶을 살게 된 친구가 있다. 사업을 하던 정민이는 잘나가던 회사 대표에서 하루아침에 신용불량자가 되었다. 경제적인 침체로 인해 빚더미에도 앉게 되었다. 고시원으로 짐을 옮겨야 한다는 이야기를 전해들은 것이 몇 년 전이다.

학교를 졸업하고 다들 취업을 준비하고 있을 때 정민이는 사업을 시작했다. 아버지가 하던 사업을 이어받아 키우고 해외로까지 확장시킬 정도로 성공적인 모습이었다. 하지만 무리한 투자로 인해 사업이 어려워지고 폐업 위기에 놓이게 된 것이다.

안타까운 소식을 들은 지 얼마 지나지 않아 SNS를 통해 마이크를 들고 있는 정민이의 모습을 종종 보게 되었다. 본래 조명 관련 사업을 하고 있었는데, 사업 실패 후 새로운 도전을 시작한 것이었다. 자신이 경험한 사업의 실패 사례들을 또 다른 사업가들에게 이야기로 전하는 일이었다.

중소벤처기업부와 통계청 등의 자료에 따르면 실제 소상공인들의 창업 후 1년 이내 폐업 비율은 37.6%, 3년 이내 폐업 비율은 61.2%, 5년 이내 폐업 비율은 72.7%나 된다고 한다. 모두가 성공할 수 있다는 자신감으로 창업을 했지만 몇 년 안에 폐업을 하게 될 정도로 창업 생존율이 낮아지고 있다는 것이다. 정민이는 이러한 실태를 빠르게 받아들이고 '폐업 잘하는 방법'으로 스피치를 하면서 주목을 받기 시작했다.

자신이 사업을 하면서 성공했던 사례들, 실패를 하면서 겪었던 고충들을 이야기 하게 되면서 조금씩 입소문을 타기 시작했다. 자신이 했던 사업실패를 돌아보며 다른 창업자들이 자신과 같은 실패를 하지 않았으면 좋겠다는 마음에서 시작한 것이었다.

평소 알고 지내던 지인들, 함께 거래했던 거래처 직원들, 새롭게 사업을 준비하는 창업 준비생들이 정민이의 이야기에 관심을 가지게 되었다. 찾는 사람들이 많아지고 정민이는 이러한 이야기들을 새로운 아이템으로 구상하게 되었던 것이다. 그리고 마침내 '폐업 잘하는 방법'을 알리는 것으로 새로운 제2의 인생을 꾸리게 되었다.

정민이의 경우 그 전에 스피치 경험이 많았던 것도 아니었다. 강의를 통해 실패를 극복할 수 있을 것이라 생각조차 해보지 않았다고 했다. 자신의 이야기를 들어주는 사람들을 만나고, 자신의 경험이 누군가에게 도움이 될 수 있다는 것이 스피치를 해보자는 마음을 먹을 수 있도록 독려했다. 그 결과 그는 지금 사업을 할 때보다 훨씬 바쁘고 즐겁게 생활하고 있다.

실패했다고 좌절하지 않고 자신의 경험을 나누고, 극복해 나갈 수 있는 또 다른 방법을 찾은 것이다. 강의를 통해 마련한 자금으로 조명 사업도 다시 시작하게 되었다. 인테리어 용품으로 아이템을 확장하고, 신혼부부와 아기들을 위한 맞춤 조명을 만들어 기부하기도 한다. 처음 사업을 할 때보다 더 많은 수익도 창출하고 있으니 전화위복의 기회를 제대로 만든 셈이다. 모두 스피치 덕이다.

스피치의 경험은 이렇게 시작된다. 정민이의 사례처럼 자신의 경험을 이야기로 나누는 것에서부터 시작하는 것이다. 전혀 새로운 일을 하는 것 보다 해왔던 일에서 추가적인 업무를 확장시켜 나가는 방식이다.

자신이 하고 있는 일들이 스피치와 전혀 관계없는 일이어도 상관

없다. 경험을 반복할수록 그것이 쌓여서 실력이 되어 돌아온다. 스피치도 시작하면서 부딪히게 되는 경험들이 성공 경험으로 축적되는 것이다.

내가 처음 마이크를 잡았던 것은 고등학교 축제 때 사회자를 뽑는 오디션에서였다. 참가자가 직접 오프닝 멘트를 작성하고 축제를 3분간 소개해야 했다. 말 잘하는 방송반 선배들이 대거 지원한 자리에 나도 패기 있게 도전했다. 3분짜리 오프닝 멘트를 수백 번 고쳐 쓰고 연습해서 오디션에 갔다.

마이크를 잡고 무대에 올라서자마자 '괜한 짓을 했구나' 후회가 밀려왔다. 한손에는 마이크, 한손에는 오프닝 멘트를 적은 종이를 들고 있었다. 양손을 덜덜 떨면서 겨우 3분을 마쳤다. 준비한 것만큼 마음에 들게 발표하지 못했지만 뿌듯하고 짜릿한 경험이었다. 많은 사람들이 온전히 나를 바라보고 있었다. 내가 하는 말과 호흡에 집중하고 있는 눈빛이 잊히지 않았다. 떨림을 온몸으로 느꼈지만 짜릿한 경험이라 아직까지도 잊히지 않는다.

그렇게 지금도 온몸이 기억하고 있는 순간이다. 도전해 보지 않았다면 평생 경험해보지 못했을 느낌이었다. 떨림이 나에게 준 느낌은 짜릿하고 강렬했다. 또 도전하고 싶게 만드는 시발점이 되었다. 그리고 지금은 스피치를 강의하는 직업에까지 이르게 된 것이다.

두려워하고 시작하지 않으면 다른 사람이 대신 해줄 수 없는 것이 '말'이다. 할 말이 있다면 직접 해야 한다. 나아가 스피치를 잘하고 싶은 사람이라면 스피치의 경험을 많이 쌓는 것이 무엇보다 중요하다. 그런 경험은 가만히 기다리고 있다고 기회가 오는 것이 아니다. 당신이 만약 직장인이라면 회사 업무 이외의 취미 생활을 생각해보자.

사업가라면 지금의 사업을 확장시킬 수 있는 또 다른 아이템을 구상해보자. 관심 있고 잘하는 분야를 떠올리는 것이다. 누군가에게 도움이 될 만한 이야기를 찾는 것으로 시작하면 된다. 카페나 블로그에 글을 올리는 것처럼 '말하는 것'을 준비한다고 생각하면 쉽다. 어느 자리에서나 말할 기회가 온다면 도전해보자.

한 번도 해본 적 없는 사람이라면 이번 기회를 통해 시작한다고 마음먹으면 된다. 그 경험의 시작은 누가 시켜서 억지로 만든 자리가 아니길 바란다. 내가 스스로 도전 할 때 시너지 효과가 있음을 잊지 말자.

익숙한 주제에 새로운 시각을 더해서 나만의 관점으로 말하기를 준비해 보자. 자신의 일을 열정적으로 설명하고 상대방이 공감을 느낄 수 있도록 스피치를 준비하는 것이다. 당신의 말이 더 많은 사람들에게 전달되면 성공 스피치를 경험할 수 있다. 자기만의 스타일을 갖춘 스피치가 완성되어 가면서 점차 더 많은 기회들을 얻게 된다. 당신의 성공 스피치 경험을 응원한다.

secret 04
박수갈채 받는 자신을 상상하라

처음으로 뮤지컬을 보러 갔던 때가 생각난다. 티켓을 들고 입장할 때부터의 설렘을 지금도 잊을 수가 없다. 빼곡한 사람들 사이로 무대 위에서 조명이 빛나고 배우들이 노래를 부르며 등장했다. 온 신경이 무대 위로 집중되었다.

작은 손짓 하나, 노래 가사 하나하나가 귀에 박히듯 선명했다. 텔레비전이나 라디오로 듣는 음악과는 차원이 다른 집중이었다. 공연이 끝나자 수많은 관중이 박수를 치며 열렬히 환호성을 지른다. 짜릿한 기분이 들었다. 관중이 이런 기분이었으니 배우들은 얼마나 전율이 흐르는 행복감을 느꼈을까?

청중의 박수를 받아본 사람은 그 경험을 잊지 못하고 또 다시 무대를 그리워한다. 배우나 가수, 연설가, 무용수, 음악가 등 수많은 분야의 사람들이 하나같이 사람들의 호응에 함께 울고 웃으며 호흡하는 직업을 가진 사람들이다. 그들은 전율을 느끼고 또 느낀다. 그들의 직업이 주는 나름의 짜릿한 중독인 셈이다.

　강의를 하는 나도 매번 강의를 하는 것이 무대와 같다. 두세 시간 서서 강의를 하는 것이 체력적으로 힘들지만 다음 강의를 기다리고 준비한다. 그런데 강의를 시작한지 2년쯤 지났을 때 슬럼프가 왔다. 체력적으로 힘들고 한 시간을 서 있는 것조차 부담스러운 시기였다. 강의를 마치고 돌아오는 길이면 녹초가 되어버린 몸 상태를 느끼면서 쉬고 싶다는 생각만 머리에 가득했다.

　가만히 누워서 아무것도 하고 싶지 않을 만큼 무기력해졌다. 그리고 잠시 다독거리며 휴식기를 가졌다. 다시금 나를 되돌아보며 강의장에 서 보고자 마음을 먹었다. 다른 사람들의 강의를 찾아다니기 시작했다.

　평소 내가 하던 강의와 전혀 다른 주제들만 골랐다. 육아, 부동산, 심리학, 취미활동 분야에서 각기 다양한 강사들의 강의를 들어보기로 한 것이다. 확실히 좋은 강의를 듣게 되면 마음에 힘이 생겼다. 노래 한 곡이 쌓였던 피로를 풀어주는 것과 같은 기분이 들었다. 말의 힘은 놀랍고, 강의를 통해 얻은 자극은 오래도록 기억에 남게 된다.

　말을 잘하고 싶다면 어떤 노력을 해야 할까? 직접 청중이 되어 보면 된다. 소규모로 진행되는 토크 콘서트에 참여했는데 색다른 재미가 있었다. 대강당에서 진행되는 큰 강의들도 의미 있는 배움의 시간이 되었다. 역시 아는 만큼 보인다는 말처럼 들으면 들을수록 다른 사람들의 스피치에 매료되었다. 각자 매력들이 가득했다. 청중이 하는 일을 내가 해보고, 그들이 시간을 보내는 곳에 직접 가보고, 다른 사람의 생각을 읽어보는 노력을 하는 것이다.

내가 하는 말 속에만 갇혀있으면 귀가 닫히게 된다. 내가 하는 말보다 다른 사람들의 말도 잘 듣기 위한 나름의 연습을 병행했다. 그렇게 몇 달간 스피치를 찾아 들으며 슬럼프를 극복하기 위해 노력을 했다. 어떤 강의에서 어떤 말을 했을 때 청중들의 반응이 좋은지를 살펴보았다. 언제 반응을 하며 박수를 치는지도 눈여겨보았다.

〈개그 콘서트〉를 보면서 어떤 포인트에 웃음 코드가 있는지를 살피는 개그맨들도 같은 심정이지 않을까? 스피치 책을 한번이라도 읽어본 사람이라면 무엇보다 말을 잘하고 싶은 생각이 있을 것이다. 처음부터 말하기가 떨리지 않는 사람은 없다. 다만 떨림을 내가 얼마나 조절할 수 있는가, 그 힘을 연습을 통해 얼마나 강화했는가 하는 것이 성공을 좌우한다.

열정과 간절함이 기회를 만든다는 것을 잊지 말자. 자신을 알리기 위해서, 회사에 도움이 되기 위해서, 비즈니스의 성공을 위해서 어떤 순간이든 열정을 뿜낼 스피치를 준비해두자. 모든 기회는 내가 만드는 것이다.

스피치를 해야 하는 순간을 준비하고, 혹은 그럴 상황을 미리 연습해 두는 것이다. 이미지 트레이닝을 해보자. 무대 위에 오른 내 모습과 박수갈채를 받는 자신을 상상해보자. 눈을 감고 심호흡을 하면서 진지한 모습으로 상상에 임해보는 것이다. 나도 일을 하면서 힘이 들 때 심호흡을 한다. 그리고 내 강의를 듣고 변화된 사람, 힘이 되었다는 분들의 이메일과 피드백을 찾아본다. 강의 후에 받은 감사 문자를 보고 또 본다. 그런 방식으로 나만의 이미지 트레이닝을 하는 것이다. 하루의 일과를 마치고 내가 했던 일들을 하나씩 회상하며 다시 잘할 수 있겠다는 힘을 얻는다. 그 힘은 다른 누군가가 아닌 스스로가 만들어 내는 것이라야 가장 강력하다.

청중들에게 박수갈채를 받는 자신을 상상해보자. 당신이 무대에서 스피치를 해본 적 없는 스피치 초보라면, 무명 강사라면, 떨림을 극복할 수 있는 특별한 대처법이 생각나지 않는다면, 어떻게 해야 할까? 청중들에게 솔직하게 말하는 것도 방법이다.

오프닝에서 청중들에게 미리 환호를 받으며 스피치를 시작해 보는 것이다. 스피치를 하기에 앞서 청중들에게 부탁할 수 있다. 열렬한 환호성과 박수를 받으면 힘이 나서 더 잘할 수 있을 것 같다고 말하는 것이다. 그러면 당신의 그 열정과 간절함에 대부분의 사람들이 박수를 보내줄 것이다. 부탁해서 받는 박수라고 해서 위축될 필요 없다. 박수소리를 들으면 정말이지 마술처럼 힘이 생겨난다. 박수 값을 위해서라도 제대로 말하고 내려와야지 하는 책임감이 생기게 된다.

듣는 이의 심장을 뛰게 하는 스피치, 정말로 해보고 싶지 않은가? 무대 위에서 자신 있게 말하는 내 모습을 상상하면 가슴 뛰지 않는가? 내가 어떤 사람의 말을 듣고 마음이 요동쳤다면, 그 순간을 잘 기억해두길 바란다. 그리고 내가 어떤 경우에 열정과 간절함으로 스피치를 잘 할 수 있는 요건들이 생기는지를 파악해 두어야 한다.

버킷 리스트를 가슴에 품고 다니는 사람들이 있다. 원하는 일이 생길 때마다 하루에 수십 번씩 노트에 그것을 적는 사람도 있다. 눈으로 보고 머리로 생각하고 입으로 말하면서 스스로에게 할 수 있다고 힘을 주는 이미지 트레이닝을 하는 것이다.

당신이 꼭 하고 싶은 일 중에 멋진 스피치를 간절히 꿈꿔본 적 있는가? 지금 당장 무대 위에 올라가 말을 하기에 앞서 눈을 감고 상상해보자. 성공한 사람들, 올림픽에서 금메달을 딴 선수들도 '상상하기'를 통해 좋은 결과를 얻었다고 말하고 있다.

'한판승'으로 유명한 유도의 이원희 선수는 매일 잠자기 전에 선수 한 명 한 명을 떠올리면서 구체적으로 이미지 트레이닝을 했다고 한다. 내가 하는 동작이나 숨소리, 상대방에게서 느껴지는 떨리는 긴장감, 관중들의 목소리까지 생생한 장면을 떠올리면서 상상하는 것이다.

놀라운 것은 이런 상상 훈련을 통해 실제 훈련을 한 것과 똑같은 효과를 볼 수 있다는 것이다. 그렇게 상상한다고 다 되면 못하는 사람이 어디 있겠느냐고 반문할지 모른다. 다이어트를 하는 방법을 모르는 사람이 있는가? 식단 조절과 꾸준한 운동을 병행하는 것이다.

알면서도 꾸준히 실천하는 것이 힘든 것이다. 상상하기를 잘 하려면 우선 마음이 편안하게 안정되어야 한다.

상상은 최대한 구체적으로 꾸준히 해본다. 내가 말하고자 하는 장소, 의자의 개수, 사람들의 표정과 분위기, 무대 위의 마이크를 잡은 나의 모습, 내 옷차림 등등 최대한 구체적으로 상상하는 것이다. 불안하고 초조해 하지 마라. 꿈꾸던 일을 상상으로 그리는 일이므로 즐겁고 행복한 모습으로 상상해보자. 청중들의 박수갈채를 받는 모습으로 무대를 내려오자.

상상하라. 꾸준히 구체적으로 이미지 트레이닝을 하라. 당신은 무엇이든 될 수 있고, 얼마든지 해낼 수 있다. 박수갈채를 받으며 최고의 스피치를 해낼 수 있다.

secret 05
나다운 생각을 나다운 언어로 말하라

어떤 말이나 행동을 했을 때 "그건 너 답지 않아"라는 말을 듣게 되기도 한다. 평소의 모습과 다를 때 주변사람들이 무심코 던지는 말이다. 그렇다면 나다운 것이란 대체 무엇일까 생각해본 적이 있다. '나는 어떤 사람인가? 어떤 사람이 되고 싶은가? 어떤 일을 하는가? 그 일을 무엇을 위해 하는가?' 등등 생각에 생각이 꼬리를 물고 이어졌다.

강사로 제법 경력을 쌓았을 때 쯤 선배 한 명이 나에게 물었다.

"강의를 잘한다는 건 뭘까?"

질문을 받으면서 '죽느냐 사느냐, 그것이 문제로다' 하는 질문처럼 무겁게만 느껴졌다. 대답을 하기 전에 한참을 입술을 누르면서 대답을 생각했다. 강사로 유명한 분들 중 억대 연봉을 받는 사람도 있다. 실력보다 광고를 잘해 뛰어난 영업 실적을 보이는 강사도 있다. 나는 어떤 목적을 위해 강의를 하고 있는가를 생각해보는 전환

점이 된 것이다.

"저는 영향력 있는 메신저가 되고 싶어서 강의를 합니다."

"그러니 영향력이 많이 발휘될수록 강의를 잘했다고 말 할 수 있겠죠?"라고 이어 말했다.

내가 강의를 시작한 것은 우연한 기회 때문이었지만, 처음부터 남을 돕자는 마음에서 준비한 것이었다. 내가 부딪히고 넘어지면서 경험했던 일들이 누군가에게 도움이 될 만한 영향력을 발휘할 수 있다면 말이다. 그 도움이 될 만한 일을 해보자고 생각한 것이다. 면접에서 떨어지는 후배를 도와주고, 만년 대리로 지내며 승진시험을 불안해하는 친구에게 격려를 해주자며 그렇게 출발했다.

사람마다 제각기 능력이 있다. 잘하고 못하는 일이 있고, 좋아하고 하기 싫은 일이 있다. 사실 나는 숫자만 보면 머리가 어질해서 회사 업무를 싫어한다. 기계를 다루거나 조작하는 것에 두려움이 있어 새로운 제품을 사도 설명서를 꼼꼼하게 읽어보지 않는다. 시도해 보기도 전에 못한다고, 하기 싫다고 겁을 먹는 일들 중 하나다.

어떤 사람에게는 말하는 스피치가 그럴 것이다. 남들 앞에서 말하는 일들은 많아지는데, 하기 싫고 두려운 것이다. 시도조차 해보기 겁나는 일이 바로 말하기인 것이다. 그런데 나에게 스피치는 재미있는 도전이었고, 하면 할수록 더 잘할 수 있는 방법들이 떠오르는 일이었던 것이다.

그렇다면 이왕 할 거 나다운 생각들을 나답게 말해보자는 나름의 개똥철학을 가지게 되었다. 앞에서도 말했지만 모든 스피치는 '나'의 관점이 아닌 '청중'의 관점에서 이루어져야 하고, 내가 하는 말에 내가 모든 책임을 져야 한다. 그러기 위해서는 내가 가진 스토리를 내 언어로 말할 수 있는 연습이 필요하다.

청중과 공감되는 원고를 직접 쓰고, 한순간도 허투루 말하지 말라고 한 이유 또한 이 때문이다. 나만의 언어로 말하기 위한 기초 다지기인 셈이다.

아주 유명한 스피치 학원에 지원하여 강사 면접을 본 적이 있었다. 새로운 지점을 오픈하면서 추가로 강사를 모집하고 있었다. 마침 이사를 하게 되면서 집에서 가까운 곳이라 눈여겨보았다. 유명세처럼 강사들의 자격이나 학원 시스템도 잘 갖추어져 있을 것이라 기대했다.

면접 약속을 한 커피숍에 15분 일찍 도착해 기다리고 있었다. 학원 대표가 직접 면접을 보기로 했는데 약속 시간이 되어도 연락이 없었다. 10분정도 더 기다린 후 연락을 해보았다. 학원 오픈 때문에 부동산 업무를 보고 있는데 생각보다 늦어지고 있다고 했다. 커피 한 잔을 마시면서 그렇게 20여분을 더 기다렸다.

약속 시간보다 50분가량 지나서야 대표를 만날 수 있었다. 늦게 도착한 대표는 손인사로 까딱 미안하다는 제스처를 보인 후에 커피를 주문했다. 그리고 의자에 등을 기대고 앉아 내 이력서를 훑어

보았다.

그 순간, 혼자 커피를 즐기던 곳이 갑을 관계가 팽팽해진 면접장으로 분위기가 반전된 기분이었다. 한 시간가량을 기다리게 했으면 최소한 구체적인 설명을 해주길 기대했다. 진심어린 표정으로 미안하다는 사과의 인사를 하는 기본을 바랐다.

원장은 내가 이력서에 이미 구체적으로 적어둔 내용들을, 이제야 처음 보는 것처럼 의미 없이 되물었다. 대화를 나눈 지 10여분이 지나고 간단한 질의응답을 마친 후 헤어졌다. 커피숍 문을 열고 나오면서 학원 실장님이 따로 연락을 준다는 말을 들었지만 전화가 오기 전에 내가 먼저 전화를 걸었다. "면접을 봤습니다. 제가 먼저 취업 의사가 없음을 말씀드리고 싶습니다."라고 전했다.

실장은 의아해하며 "왜 그러는지 여쭤봐도 될까요?" 하고 물었다. 나는 "대표님의 사업 성향과 제가 잘 맞지 않을 것 같다는 생각이 듭니다."라고 대답했다.

함께 일을 하는 사람이라면 같은 배를 타고 목적지를 향해 함께 가야 한다. 업무를 하기에 앞서 사람과 사람이 하는 일인데 서로의 가치관이 잘 맞는지 여부도 무엇보다 중요했다.

스피치를 가르치는 학원이 아니던가? 말을 잘하는 법을 가르치는 강사가, 말하는 법만 알고 말을 듣거나 상대방을 배려하는 법을 모른다면, 같은 가치를 가진 사람이라고 생각되지 않았다.

'말하는 것을 보면 그 사람을 알 수 있다.'

말에는 그 사람이 가진 가치관과 태도, 인성이 함께 묻어나는 것이다. 결코 숨길 수 없는 것이다. 지금도 그 학원은 성행하고 있다. 매스컴을 통해 잘 알려지고 신문이나 영상을 통해서도 꾸준히 홍보되고 있다. 대표가 사업 능력이 우수할지 모르나, 남을 배려하고 말하는 관점에서는 내가 바라는 스피치 강사의 가치관과 부합하지 않았다.

스피치를 잘하려면 우선 잘 들어야 한다. 나의 생각이 확실해야 하고, 나답게 잘 전달해야 한다. 그래야 제대로 된 진짜 스피치를 할 수 있다. 스피치로 영향력 있는 메신저가 되고자 하는 것이 내가 말하는 언어의 목표이자 지향점이다. 당신이 스피치를 잘하고 싶다면 되돌아보자. 내가 평소에 하는 말이나 행동에 남을 배려하는 모습이 있는지 유심히 들여다보자. 왠지 평범하다 싶지만 그 속에서도 남들과 다른 탁월함을 발견할 수 있다.

말은 할수록 늘고 고기는 씹을수록 맛있다는 말이 있다. 그러나 말과 고기는 잘못 씹으면 혀가 물리기도 한다. 내가 하는 말이 인격이 되고, 화술이 곧 실력이 되는 시대다. 스피치를 잘하고 싶다면, 다른 사람들과 통하는 인격 높은 사람이 되길 바란다.

배우고 익힌 스피치의 잔기술이 아니라, 몸과 마음에서 제대로 갖추어진 자신만의 가치관을 보이는 말을 해야 한다. 매너는 빨리 익힐수록 자신에게 편하다. 스피치에도 매너가 있음을 기억하자. 내 언어가 나답게 잘 전달되기 위해 깊이 있는 사고로 소통하는 연습을 해나가자.

　나다운 언어로 말하자. 세상에 나를 알리는 제대로 된 스피치의
시작이 될 것이다.

secret 06
대화 능력이 경쟁력이다

　침묵이 금이던 시대는 지났다. 오늘날의 경쟁력은 비슷한 실력을 가진 사람들 속에서 말을 더 잘하는 사람에게 있다. 그만큼 말이 센 역할을 해주는 셈이다. 소통의 시대인 만큼 자신의 의사를 정확히 전달하는 '말하기 능력'이 더 중요해지고 있는 것이다. 누가 알아주든 아니든 묵묵하게 일만 잘하면 성공하던 시대는 지났다. 기업의 인사 담당자들은 입을 모아 말한다.

　"말을 잘한다고 해서 입사나 승진에서 특별 가산점을 주는 것은 아니다. 하지만 어느 때보다 커뮤니케이션 기술이 중요해진 것이 사실이다."

　성공에 있어 눈에 보이는 실적만큼 중요한 것이 대인관계고, 그것은 '말'과 떼려야 뗄 수 없는 것이다. 그러다 보니 이제는 얼굴 성형을 넘어 말 성형 시대라는 이야기도 나온다. 외모를 성형하듯 말 잘하는 비법을 돈 주고 공부하는 사람들이 늘어나고 있는 것이다.

중요한 발표를 앞둔 직원이 발표 수업을 위해 스피치 수업을 받기도 하고, 간부급 직원은 부하 직원들과의 소통을 위해 유머 스피치를 배우기도 한다. 말을 통해 인생의 터닝 포인트를 만들고 있는 경우인 것이다.

지인의 소개로 40대 후반의 보험설계사 한 분을 만나게 되었다. 첫 이미지가 매우 세련된 느낌의 여성이었다. 정장을 잘 차려입은 모습과 얼굴형에 어울리는 화장법으로 이미지가 좋았다. 그런데 상담이 시작되는 순간 처음 느꼈던 이미지가 순식간에 거품이 되었다. 강한 사투리와 부정확한 발음 때문에 설명에 집중하기가 힘들었다. 말하는 속도도 빠른 편이라 내가 질문을 할 틈이 없었다. 가만히 설명을 듣는 것 같았지만 사실은 그분이 설명하는 내용의 절반밖에 알아듣지 못했다. 상담이 끝난 후 내가 느낀 바를 전달했다. 스피치 교육을 하고 있는데, 혹시 사투리를 고치고 싶거나, 스피치에 대한 관심이 있으면 도움을 드리겠다고 했더니 반가워하시며 고민을 털어놓았다. 본인도 상담을 할 때 말투나 억양 때문에 고민이 많다고 하셨다.

그 보험설계사는 "시작은 지인빨, 그 다음은 말빨, 마지막은 운빨이라는데 나는 말빨이 제일 자신 없어요."라고 했다. 그 말을 듣고 내가 웃으며 말했다.

"제 생각에 말빨보다는 먼저 필요한 건 노력빨인 것 같습니다. 말을 잘하기 위한 연습 방법을 알려드릴 테니 노력해보시겠습니까?"

그녀는 내 제안에 흔쾌히 노력을 해보겠다고 했다. 사실 사투리를 억지로 고칠 필요는 없다. 지역마다 고유의 특색이기 때문에 이미 오랜 시간 톤과 억양이 자리 잡은 경우가 많다. 억지로 고치려고 하다가 역효과가 날 수도 있다. 하지만 본인이 원한다면 노력으로 충분히 고쳐지기도 한다. 그 보험설계사는 표준어를 사용하려는 욕심보다는 너무 강해 보이는 톤을 조절하고 싶다고 했다. 목소리의 크기와 높낮이, 음성의 크기 조절하는 방법을 전혀 몰랐다. 설명하고자 하는 내용이 많으니 말이 점점 빨라지고 숨이 찼다. 말을 하면서 목소리 톤도 점점 높아졌다.

처음엔 문장과 문장 사이에 간격을 두고 말하기부터 연습했다. 설명이 길게 이어지면 갑자기 말하는 속도가 빨라지는 습관도 바로잡았다. 그렇게 일주일에 한 번씩 두 달 가량을 함께 스피치 코칭을 계속 이어갔다. 처음 나에게 설명할 때는 20여분 동안 한 번도 눈 맞춤을 하지 않았던 분이 자연스럽게 상대방을 바라보면서 천천히 대화를 이끌어가는 변화를 보여주었다.

중간 중간 상대가 질문을 할 수 있게끔 여유도 생겼다. 했던 말을 정리하면서 상대방이 궁금한 점이 있는지 확인하고 보충 설명을 이어갔다. 처음 만났을 때와는 확연하게 달라진 전문가의 포스가 생겼다. 그 보험설계사는 코칭을 받은 이후 무엇보다 말하는 데 자신감이 생겼다고 했다. 스피치 코칭을 받으면서 얼마든지 노력하면 달라질 수 있다는 믿음이 생긴 것이다. 조금씩 달라지는 목소리, 발음, 말하기의 방식들이 계약을 성사시키는 데 있어 큰 역할을 한다고도 했다. 지금 그녀는 누구보다 즐겁게 일을 하고 있다. 이제는 진정한 '노력빨'이 빛을 보이는 순간이 온 것이다. 보험설계사의 사례처럼 자신의 업무에서 반드시 스피치 연습이 필요한 사람이 있다. 그런데 요즘에는 여러 분야에서 다양한 목적을 가지고 스피치를 배우고자 하는 사람들도 늘어나고 있다. 말을 가르치는 유명 스피치 학원들이 성행하고 있고, 많은 강사들이 활동하고 있다. 그들을 살펴보면 아나운서나 리포터, 성우 등 다양한 분야에서 자신이 했던 경험들과 사업 경쟁력을 더해 1인 기업가로 발전한 경우가 많다. 비즈니스 스피치, 설득 스피치, 호감 가는 스피치 등 학원에서 가르치는 스피치의 종류도 다양하다. '말하기'를 통한 경쟁력을 펼쳐보여야 하는 분야들이 이처럼 많다는 얘기다.

그런데 말을 잘한다는 것은 어떤 것일까? 나와 대화하는 상대방이 더 말을 잘할 수 있도록 돕는 것이다. 혼자서 하고 싶은 말만 떠드는 게 아니다. 상대방에게 나의 메시지를 제대로 전달하고, 상대의 의견에 귀 기울여 듣는 자세를 갖춘 사람이 말을 잘하는 사람이다. 그러니 함께 나누는 대화를 '소통(疏通)'이라고 하지 않는가? 트일 소(疏), 통할 통(通) 자로 이루어진 말이다. 탁 트인 마음으로 서로의 마음을 통하도록 하라는 뜻이다. 소통 능력이 떨어지는 사람은 계절의 변화를 느끼지 못하고 유머 감각도 없어진다고 한다. 자기 이외의 주변 변화에 민감하지 못하다는 뜻이 아닐까? 남의 말을 잘 듣는 사람이 소통을 잘한다는 것이 이런 이유일 것이다.

　말 잘하는 사람들의 공통점을 살펴보면 화법부터가 남다르다는 것을 알 수 있다. 우선 저마다 화법에서부터 긍정 언어와 부정 언어를 얼마나 사용하고 있는지 살펴보자. '아직 이것밖에 못했다'고 하는 사람과 '지금까지 이만큼이나 해냈다'고 말하는 사람이 있다. 어떤 사람이 성공한 부류에 속할까? 성공한 사람들은 긍정적인 화법을 많이 사용하는 것으로 나타났다. 내가 사용하는 말의 화법이 부정적인 경우가 많다면 지금부터라도 말하기의 화법을 바꾸어야 한다. 정말 빛나는 것은 대화 속에서 나온다. 그러니 혼자서 하는 말이 아닌 남 앞에서 당당히 말하기를 연습하자. 내가 하는 말이 나에게 경쟁력 있는 힘이 되어 돌아온다. 내가 더 당당해지는 나만의 스피치를 할 때 더 빛을 발하게 된다. 지금 당장 사람들 앞에서 말할 준비를 해보자. 당신에게 잠재되어 있던 수많은 힘이 반짝일 것이다.

secret 07
말하는 순간을 즐기자

당신은 평소 말하기를 즐기는가? 이 물음에 '아니오'라고 대답하는 사람은 아마도 말하는 에너지보다 듣는 에너지가 더 강한 사람일 것이다. 평소 나는 에너지가 입에 있고, 남편은 귀에 있다. 나는 말하기를 좋아하고 남편은 그에 반해 듣기를 더 편안해 한다.

어느 날 신나게 수다를 떨고 있는데 과묵하다 싶을 정도로 반응이 없는 남편에게 물었다.

"여보, 내 말에 관심 없어? 재미없어?"

"듣고 있어, 말해."

남편은 무심한 듯 시큰둥한 반응을 보인다.

말하는 사람이 김빠지게 하는 대답이다. 하지만 그냥 그러려니 넘긴다. 평소 말하는 것을 즐기지 않는 걸 알기에 적극적인 공감을 기대하기란 어렵다. 손뼉도 마주쳐야 소리가 나는데 반응이 없으니 나의 수다는 빨리 끝나고 만다.

부부 싸움은 칼로 물 베기라 하지만 그래도 사과를 하고 오해를 푸는 과정이 있기 마련이다. 남편은 화가 나면 그마저도 입을 다문다. 평소에도 말수가 많은 편이 아닌데 화가 나면 며칠씩이고 대화를 하지 않는다.

반면 무슨 일이든 그 자리에서 풀고 해결을 봐야 직성이 풀리는 나는 오히려 투닥거리고 말다툼 하는 쪽을 택한다. 며칠 말 하지 않으면 오히려 쓸데없는 생각이 많아진다. 별것 아닌 일인데 오래 생각할수록 힘든 시간만 보내는 기분이다. 그런 방식이 너무 싫어서 기분 좋을 때 남편과 대화를 나누었다.

"왜 화가 나면 말을 안 해? 말을 하면서 서로 오해를 풀 수 있잖아. 말 하면 금방 끝날 일을 며칠씩 묵혀두는 이유가 뭐야?"

"화가 났을 때 말을 하면 쓸데없는 말을 하게 되잖아. 시간이 지나면 마음이 정리가 되지."

참 달랐다. 한쪽은 말을 안 하면 답답해서 오해가 더 쌓이고, 한쪽은 말을 하면 실수할까봐 말을 안 한다. 그래서 경우에 따라 내가 더 많은 시간을 기다리거나, 남편이 생각보다 빨리 말을 꺼내거나 하는 식으로 기분이 풀려간다.

함께 사는 부부도 이렇게 다른데 타인 사이는 어떨까? 상대를 이해시키고 설득하는 말하기는 얼마나 어려울까? 남편처럼 말하기를 즐기지 않고 힘들어 하는 사람이라면 더욱 그럴 것이다. 말하는 순간을 즐기지 못하고 어려운 숙제처럼 안고 있을 것이다.

살다보면 말하기를 즐기지 않는 사람들도 어쩔 수 없이 말을 해야 하는 상황들이 생긴다. 이런 경우 '맞장구 연습'이라도 해보기를 권유한다. 과장된 표현은 몰라도 적절한 반응은 보여주라는 것이다.

고개를 끄덕이거나 눈을 마주치는 정도로 시작한다. '아, 그랬구나!' 정도의 말로 호응을 해주는 것으로 발전시킨다. 비슷한 호응을 하되 몇 가지를 사용해보는 수준으로 나아간다.

아마 이 글을 읽는 사남들 중에는 남편의 입장에 공감하는 사람도 많을 것이다. 앞에서도 말했지만 스피치를 하기 위해서는 두려움을 버리고 자신감 있는 마음가짐을 가지는 것이 첫 번째 과제이다. 할 수 있다는 자신감을 가지고 있어야 시작할 수 있다.

사람마다 스피치를 잘하고자 하는 이유는 다양하다. 그 중에서도 자기 계발과 비즈니스에 스피치가 한몫 해준다는 것은 당연한 사실임에 동의할 것이다. 이제는 목적과 이유가 분명해졌으니 실행해 옮기기만 하면 된다.

청중에게 들려줄 스토리를 떠올리고 나만의 언어를 긍정적으로 만들어보자. 신뢰감 있는 목소리와 짜임새에 맞는 스피치로 청중의 마음을 움직일 원고를 작성하자. 연습하고 또 연습하면서 나만의 것으로 완벽하게 만들어야 한다.

글을 잘 쓰는 방법은 글을 써보는 것이다. 말을 잘하고 싶다면 조금씩이라도 말하기를 시작해보는 것이다. 여기서 한 가지 기억해야 할 점이 있다. 발음 연습을 한다면 발음이 정확해진다. 발성과 복식호흡을 통해 목소리에 안정감 있는 톤을 찾을 수도 있다. 다만 목소리가 좋아질 뿐 그것이 말을 잘하기 시작했다는 증거라고 오해해서는 안 된다.

코칭을 하다보면 발음 연습도 하고 목소리도 좋아졌는데 스피치가 여전히 마음에 들지 않는다며 자책하는 사람들이 많다. 몸에 맞는 신발을 신었을 뿐 아직 달리기는 시작도 하지 않았는데 말이다. 말을 잘하려면 생각을 잘 정리하고 제대로 스피치를 기획하는 것도 함께 준비해야 한다. 나만의 스토리를 정리한 구체적인 스피치 틀을 완성시켜야 하는 것이다.

머릿속에 큰 이미지를 그려보자. 길을 찾는다고 가정하고 출발점에서 도착점까지 길을 이미지로 그려나가는 것이다. 어느 지점에서 출발하고 어떤 길을 선택하느냐에 따라 시간이 달라지겠지만 도착점은 같다. 말하고자 하는 주제와 목적을 잃지 말고 끝까지 잘 찾아가면 된다. 함께 가는 사람이나 청중에 따라 더 빠른 길도, 돌아가는 길도 있다. 자유롭게 머릿속에 그려질 수 있을 만큼 지도를 완벽히 꿰뚫고 있어야 한다.

지금까지는 스피치를 위해 익히고 연습하는 법에 대해서 이야기했다. 이제부터 말하기를 위해 내가 할 수 있는 것을 찾아서 행동으로 옮기면 된다. 아는 것과 행동으로 옮기는 것의 차이는 행동해 본 사람만이 알 수 있다. 수만 가지 아이디어를 머릿속에 가지고 있으면 무용지물이지만 행동으로 옮기면 나만의 가치 있는 물건이 될 수 있다.

처음부터 말하는 것이 부담스럽다면 최고의 청중이 되어보는 것도 좋다. 다른 사람의 말을 잘 듣는 것을 우선 연습하는 것이다. 말하는 사람을 살펴보며 눈을 마주치고 고개를 끄덕인다. 온몸은 말하는 사람을 향하고, 적절한 타이밍에 공감하는 연습을 해본다. 때에 따라 말하기보다 듣는 것이 더 어려운 연습이 되기도 한다.

그동안 사람들 앞에서 강의를 하고, 스피치 교육을 하면서 많은 시행착오를 거쳤다. 다양한 사례를 가진 사람들을 만났고 그들의 이야기를 들어왔다. 나도 그랬지만 모든 걸 쉽게 이룬 사람은 아무도 없었다. 처음부터 떨지 않고 말을 잘하는 사람은 없다. 떨리는 만큼 간절한 마음을 담아보자. 즐기는 마음으로 스피치에 도전해보기를 바란다.

"저는 영향력 있는 메신저가 되고 싶어서 강의를 합니다."

이 말은 강사가 되고 지금까지 지키고 있는 나만의 포부이다. 내가 하는 말이 선한 영향력을 미치기를 바라는 마음으로 이 일을 지속할 것이다.

나에게 있어 스피치는 삶을 의미 있게 하고 즐기는 데 한몫 했다. 또한 당신에게도 스피치는 경쟁력이며 앞으로의 삶을 더욱 변화시킬 것이다. 스피치를 통해 내 이름으로 된 책을 쓸 수도 있고, 누군가를 위한 강연을 할 수도 있다.

평범한 일상이 독특한 스토리로 전파될 수 있다. 청중들의 마음을 움직이는 강연가, 코치, 메신저의 삶을 살 수도 있다. 내가 말하는 스피치가 내 이름의 브랜드 파워를 높이는 가치 있는 시스템을 구축하는 것이다.

모든 준비가 끝났다면 스피치로 승부를 볼 때가 왔다. 말할 준비를 하고 그 순간을 즐겨보자. 당당한 모습으로 마이크 앞에 서라. 나를 더 돋보이게 하는 스피치로 당신이 원하는 성공에 한걸음 가까워지길 바란다.